雪華慧太
Yukihana Keita

召喚軍師のデスゲーム

～異世界で、ヒロイン王女を無視して女騎士にキスした俺は！～

主な登場人物
春宮俊彦《ハルヒコ》
本編の主人公で、
天才的なゲームの腕の持ち主。
異世界に召喚されて、
滅亡寸前のアルドリア王国の
軍師となる。
ルビア・アルファイラ
アルドリア王国の聖騎士団長。
大陸屈指《くっし》の剣の腕と美貌から、
アルドリアの薔薇《ばら》と
呼ばれている。

ミルダ・リューゼリア
赤い髪の魔女として知られるハーフエルフ。アルドリア王国の宮廷魔道騎士団長を務めている。
ミルファール・リューゼリア
外見は妖精の姿だが、ミルダの母親で上級精霊。ハルヒコを異世界に召喚《しょうかん》するのに一役買った。
ヨアン・アルリード
ドラグリア軍の中でも一際異彩を放つ女騎士。
アイリーネ・フィーリア・ドラグリア
ドラグリア先代の王アファードの娘。清楚で儚《はかな》げな容姿だが、芯の強さは父親譲り。
リーア・リグナ・アルドリア
アルドリア王国の第一王女。妖精のような美少女だが、小さい胸にコンプレックスを感じている。

プロローグ

東京の夏は暑い。

特に俺のような営業マンにとっては殺人的である。

正午を少し回ったばかりの強い日差しの中を、辟易《へきえき》しながら歩く人々の姿が窓の外に見える。つい先ほどまで俺もあの人波の中にいたのだが、幸いなことに今はエアコンがよく効いた喫茶店の中でネクタイを緩《ゆる》めていた。

最近馴染《なじ》みのこの店は、それほど広いわけではないもののくつろげる。二十代の俺から見ると少しレトロな雰囲気で、まあ悪くはない。

第一、珈琲《コーヒー》の味と香りが最高だ。挽《ひ》きたての豆を今どき珍しいサイフォンで淹《い》れた珈琲は店主のこだわりが感じられて、俺の足を自然にこの店へと運ばせる。

そして、もう一つ俺をこの店に向かわせる理由があった。その理由を巡って俺とマスターは今ちょっとした賭《か》けの真っ最中なのだ。

「……むぅ……。なかなかやるじゃないか、ハルちゃん」

マスターは、若干焦り気味《じゃっかんあせ》に頭を掻《か》いた。俺はそれを横目で見ながらにやりと笑う。

「約束だぜマスター。俺がこいつで新記録を出したら裕未《ゆみ》ちゃんとデートさせてもらうからな」

この店のテーブルは、昔のシューティングゲームの筐体《きょうたい》を兼《か》ねている。レトロゲームが好きなこのマスターの趣味だそうだ。昔はゲーセンでかなり腕を鳴らしたらしい。

細かい敵の弾が無数に飛び交っているゲームの画面に、ゆっくりと戦艦型の巨大なボスが現れる。

マスターの片方の眉がひくんと動いて、髭《ひげ》の生《は》えた口元が緩《ゆる》んだ。

「へへへ、残念だねぇハルちゃん。あんたがこんなにゲームが上手とは思わなかったけど、そいつは無理だ。俺だって倒したことがないんだからさ」

最高得点はマスターが叩き出した九十九万点。

俺は今九十八万点だ。きっとこいつを倒せば、俺の勝ちだろう。

「もう!!　お父さんも春宮《はるみや》さんも、勝手に私を賭けないでよね!!」

先ほど帰って来たばかりの制服姿で少し頬《ほお》を膨《ふく》らませているのは、この店の看板娘の葵裕未《あおいゆみ》である。まだ十八の高校生なのに、素晴らしい胸を持つ美少女だ。

空《から》になったカップに、お替《かわ》り自由の珈琲を注《そそ》いでくれる。気が利《き》く美少女というのは、まさに天使以外の何者でもない。

「まったく、人のことを何だと思ってるのよ」

少し気が強そうな美貌《びぼう》は失礼ながらマスターの娘とは思えない。白い夏服を飾る赤いリボンがよく似合っている。

いい香りが俺の鼻腔《びこう》を満たす。

俺のカップに珈琲を注ぎながら、裕未ちゃんはツンとした顔で俺を睨《にら》んだ。

「べ、別にハルさんとだったら、こんなことしなくてもデートしてあげるのに」

(な……んだと？)

俺は制服の美少女の顔と胸を見比べた。

やはり大きいことはいいことである。

「お！　おい!!　裕未、お父さんは許さんぞ!!　こんな不良サラリーマンは！！！」

外回りの営業の仕事中に一服するぐらいでそんな言われ方は心外だ。そもそも、俺みたいなのがいなければこの店も商売あがったりだろう。俺は筐体のレバーを放すと、その素晴らしい胸をしたJKの肩に手を乗せた。

「それじゃあ行こうか、裕未ちゃん」

「えっ！　ええええっ‼　今からぁ……いいけど。ハルさん仕事は？」

人生には仕事よりも優先させるべきことがあるのだ。まあ、今月のノルマはとうに終わっているから、誰も文句は言わないだろうが。

テーブルの上に珈琲代を載《の》せると、俺は颯爽《さっそう》と店を出ようとした。

「ちょっと待ちなよハルちゃん！　約束は約束だぞ、新記録は出せないなら、娘とのデートはまたにしてもらうぜ」

どうやらマスターは愛娘《まなむすめ》と俺の様子が気になって、画面から目を離していたようである。

俺は黙ってテーブルを指差した。

それを見てマスターの顔が引きつる。

「なっ‼　九十九万九千九百九十九点⁉」

先ほどの巨大戦艦はとっくに撃沈《げきちん》させた。裕末ちゃんの巨大な胸に見とれてゲームオーバーにはなっているが、新記録は達成済みである。

俺は肩をすくめて言った。

「裕末ちゃんがあんまり可愛《かわい》いからつい本気でな、これで文句ないだろう、マスター？」

俺の言葉に悔《くや》しそうにマスターが涙ぐむ。いい大人がみっともない。

「嘘《うそ》だろ！　俺だってクリアしたことがないのに‼」

「ちょっとお父さん！　悔しがるところそっちなの⁉」

的確に突っ込みをいれて、裕未ちゃんはクルリと踵《きびす》を返した。

「ハルさん！　先に車に乗ってて、私着替えてくるね‼」

若々しくしなやかな体が、軽《かろ》やかにこの店の二階にある住居スペースに駆け上がっていく。

うむ、天使は存在するな。

今、俺が発見したから間違いない。

俺はガックリと肩を落とすマスターを横目に店の出口の扉を開けた……。


確かに開けたはずなんだが……。

（ん？　なんだ？）

目の前には見知らぬ金髪の女が立っていた。

喫茶店の駐車場には場違いな美人だ。

俺はもう一度肺《はい》に溜《た》まった空気を吐き出したが、口から出た息はえらく新鮮でもう一度吸い込んでも惜しくないようなものに感じられた。

俺はゆっくりと、辺りを見渡す。

（どこだ？　……ここは？）

まるで中世の舞踏会場のように広いホールの中で、沢山の人々がこちらを見ている。目を凝《こ》らすとホールを支える巨大な柱の一つ一つが、まるで世界一の芸術家の手で彫《ほ》られたような彫像の姿をしていた。

どうやら俺が知らないうちに、この店は増築工事を終えたらしい……。

（いや、そんな訳はないか）

貧乏臭いあの親父が、そんな金を貯《た》め込んでいたはずもない。そもそもがあの小さな喫茶店の敷地内に、こんな広大な空間がある訳はないだろう。

（なるほどな……。どうも今日は上手く行き過ぎると思ったんだ）

あんな巨乳美少女ＪＫが、ああもあっさり俺とのデートにＯＫするなんてな。どうやら全て夢だったことに俺は気がついた。今頃、俺は相変わらずろくに掃除もしていない部屋のベッドで、呑《のん》気《き》に寝ているのだろう。

俺は目の前に立つ女をあらためて見つめた。

（夢とはいえ、いい女だな）

どこかの画廊《がろう》で見た、東欧《とうおう》の女神の絵を思い起こさせるような透明感のある美貌《びぼう》。スタイルの良さ。

だが服装が少し変わっていた。

女は、精巧《せいこう》な細工を施《ほどこ》された甲冑《かっちゅう》に身を包んでいる。無粋《ぶすい》でゴツイものではなく、繊細に作られたそれは、女の美しさを損《そこ》なわなず、身分が高いことを証明しているようにも見えた。白い布製の腰当からわずかに覗《のぞ》く白い足が、何とも言えずセクシーだ。

(裕未ちゃんもけしからんが、この女はそれよりなおけしからんな)

目が覚《さ》める様子はまだない。ホールの中にいる人々は皆、俺の様子を窺っていた。まるで、俺に何かを期待しているかのような雰囲気《ふんいき》が漂《ただよ》っている。

俺は溜め息を吐いた。

(いかにも、ありがちだな)

どうやら俺は、ネットゲームか何かの夢を見ているらしい。

王国を守るために異世界から召喚《しょうかん》された勇者。

その世界で、とある国の姫様と共に戦いに挑む！

俺は自分のステレオタイプな想像力に少し呆《あき》れた。まるで、どこかで見たネトゲのオープニングそのものだ。

ホールの奥には玉座があった。

白いドレスを着た女と、そして国王らしい威厳のある男がいる。どうやら、あれは国王と王妃なのだろう。国王の側にいる少女が俺に向かって会釈《えしゃく》をした。

「よ、よく来てくれました！　異世界の勇者よ‼」

少し緊張気味な少女は真っ赤な顔で俺を見て、嬉しそうに瞳を輝かせていた。

うむ！　ロリ属性の男ならイチコロだな。

柔《やわ》らかそうな銀色の髪に青い瞳、清楚《せいそ》だがちょっと生意気《なまいき》そうな美貌が、まさに王女様といった雰囲気だ。普通のゲームならヒロイン役と言えるだろう。

萌《も》え系アニオタなら歓喜するところだが、残念ながら俺はロリ属性ではない。俺が眺めているのは、俺の目の前にいる見るからに誇り高そうな横顔の女の方だ。

流れるようなブロンドの美しさ。冷たく見えるほど整った顔立ち。そしてそのピンクローズの唇の美しさに、俺は自分の傍《そば》まで来た王女を無視してその女の手を握った。

「？」

美しい女騎士は、不思議そうな顔をした。

まあ当たり前か。

ゲームのオープニングで主人公が勝手に行動していいはずもない。決められたルーティンワークをこなすのが彼女の仕事なのだろう。

だが待て、これはゲームの世界じゃない‼

この俺の夢なんだ‼

主導権はあくまでも俺にある!!

俺は不敵に微笑《ほほえ》んだ。

挨拶《あいさつ》を無視された王女は可憐《かれん》な笑顔を引きつらせたが、俺は気にせず女騎士を見つめた。幸いなことに、まだ夢から醒《さ》める気配はない。

誰しも経験があるだろう。自分が理想とする女が夢に出て来て、よからぬことを考えた瞬間に目が覚める。起きた時の虚脱感《きょだつかん》と後悔は、ハンパない。

どうせこれは夢なんだ！　ならば！

巨乳ＪＫとのデートをふいにされた男の鬱憤《うっぷん》を知れ!!

俺は美しい女騎士の腰を抱き寄せると、その唇に思い切りキスをした。

「なっ!!　んむぅう!!」

驚いて言葉を発した女の唇から漏れた何とも言えない甘い吐息《といき》が、俺の口腔《こうこう》を満たす。

夢とは思えないリアルな唇の感覚。

女の美しい瞳が極限まで見開かれている。これは、あくせく働く男への神の贈り物に違いない。

国王や王妃、もちろんヒロインであるはずの可憐な王女、さらにはこの城の大広間に集まった全ての者達が時が止まったかのように固まっている。

――その間約二秒。

俺はたっぷりと夢が与えてくれた贈り物を堪能《たんのう》した。だが次の瞬間、俺は自分の頬に強い衝撃を受けて昏倒《こんとう》した。

第一話　地下牢にて

（そうだ、俺は悪くない……。これは夢なんだ、覚める前にするべきことをしただけじゃないか）

俺は鉄格子《てつごうし》のある薄暗い場所に入れられて、頬をさすっていた。おそらくそこには、美しい形の手のひらの跡《あと》がくっきりと残されているだろう。

（それにしても、いい感触《かんしょく》だったな!!）

ついつい思い出し笑いをする俺の様子を、牢の見張《みは》り番の男が呆《あき》れた顔で眺めている。

俺は、あの女騎士の細く鍛え上げられたしなやかな腰に手を回すと、思いっきりキスをした。女の唇の隙間《すきま》から流れ込む微《かす》かな息の香りは、まるで白薔薇《しろばら》のようだったな。

その直後、氷の女神のように凛《りん》とした女騎士の瞳が大きく開かれ、俺は頬に激しい衝撃を受けて床に叩きつけられていた。

（普通、あそこで目が覚めるだろ、まったく）

俺は頬をさすりながら、牢番に声をかけた。

「おい、そろそろ目を覚ましたいんだよ、俺は。悪いけどその槍で軽く小突《こづ》いてくれないか？」

ベッドの脇の目覚まし時計が職場放棄《ほうき》をしているのだろう。このまま寝続けたら、仕事に遅刻しかねない。

俺の言葉に牢番の男は、親の仇《かたき》を見るような目で俺を睨みつける。

「小突くだと!!　よくもルビア様にあんな真似を！　いっそ刺し殺してやろうか!!」

なるほど、あの美しい女騎士はルビアという名前なのか。悪くない名前だな。

そもそもが俺の夢なのだから、俺好《ごの》みの名前なのも頷《うなず》ける。

男はそう言って、手に持った槍を振りかざした。

(まあいいか、その方が目が覚めるってもんだよな)

俺はぐいっと男の方へ向かって胸を突き出す。

「面倒だ！　ひと思いにやってくれよ!!」

男は俺の態度を見て溜め息を吐いた。

「アンタ自分の立場が分かってるのかよ？　俺達の国の勇者がコレなんて、俺は信じたくねえよ。ほんとにもう終わりかねぇ、この国も」

夢の中の住人に、コレ呼ばわりされる覚えはないんだが……。

どうやら俺はあの女騎士にキスをした後、思い切り殴《なぐ》られて失神したということらしい。しかしそもそもコレは夢だ、失神も何もないだろうに。

とはいえ異世界から来た勇者が、いきなりヒロインを無視してあんなことをすれば牢ぐらいは入れられてもおかしくはないな。

少なくとも俺が国王なら、そんな狂犬《きょうけん》は牢にぶち込んでおくだろう。重厚な鉄格子で閉じられた部屋も、目が覚めるまでの辛抱《しんぼう》だと思えば別に苦にはならない。

俺は軽く欠伸《あくび》をすると、牢の中の冷たい床に横になった。

どうせ、次に目が覚めるのは見慣れたベッドになるのだから。

数時間も寝ただろうか。

頑丈《がんじょう》な壁に付けられた狭《せま》く小さな窓から差し込む光が、俺の頬を照らしていく。優しい暖《あたた》かさだが、それは覚醒《かくせい》をせかしているようで鬱陶《うっとう》しくもある。

俺はその光から逃《のが》れるように布団の中に潜《もぐ》っていく。だが、布団をたぐり寄せたはずの手は虚《むな》しく空《くう》を切った。

寝ぼけまなこに映っているのは、鉄格子とその先で俺を睨む男達だった。その男達は何やら、夢の中に出て来た牢番と揉《も》めている。つまり、ここはまだ先ほどの夢の中なのだろう。

(おいおい、俺はいつまで寝てるんだ)

半《なか》ば自分に呆れながらも、俺はゆっくり体を起こし男達の会話に耳を傾《かたむ》けた。

「そこをどけ！　このような男、殺しても誰も文句は言うまい!!」

物騒《ぶっそう》なことを言っているのは、見事な甲冑に身を包んだ騎士だ。

「困ります、アーヴァン様、一応この男は我《わ》が国を救う勇者……。ですよ」

一応とはなんだ。

しかも、言葉の端々《はしばし》に勇者（仮）的な疑いが滲《にじ》んでいるぞ。

俺は自分のしたことを棚《たな》に上げて、そう心の中で悪態《あくたい》を吐くと軽く伸びをした。

「勇者だと!!　このような無礼《ぶれい》な者が、勇者であるはずがない！　尊《とうと》き公爵家《こうしゃくけ》のご令嬢《れいじょう》であり、我らがアルドリア聖騎士団の団長であるルビア様にあのような無礼!!　そもそも、異世界の者の手など借りなくとも、この国は我らが守ってみせる!!」

アーヴァンと呼ばれた男は牢番から鍵を奪い、引き連れて来た仲間の騎士達と牢の中に入って来る。

おそらく、この世界の貴族の生まれなのだろう。キザな仕草と人を見下すような視線は、れっきとした中流家庭、いわゆる平民生まれの俺をイラっとさせた。俺の知り合いにも、こんな金持ちのキザ野郎が何人かいるからな。

アーヴァンが腰に差した剣を抜くと、後ろに付き従う腰ぎんちゃくどもも一斉にその動きにならった。

「どうした勇者、命が惜《お》しければ這《は》いつくばって命乞《いのちご》いをしてみろ!!　そうすれば命だけは助けてやろう」

アーヴァンは、そう言って笑うと剣を振った。

俺の首筋に突き付けられた剣が鈍《にぶ》い光を放つ。逆《さか》らえば、こいつの取り巻きどもが一斉に襲い掛かってくるはずだ。

俺は大きく欠伸《あくび》をしながら言った。

「なあ、あんた。あの女騎士が好きなんじゃないのか？　まあもっとも、あんたみたいのは相手にもされてないんだろうがな」

何しろこちらは随分な歓迎を受けているのだ。少しぐらい悪態を吐いてもバチはあたらないと思う。だが俺のセリフを聞いて、牢番は真《ま》っ青《さお》になっている。アーヴァンの顔に青筋《あおすじ》が立っているのが分かったからに違いない。

「きっ!!　貴様ぁあああ！！！」

図星《ずぼし》をつかれ、若い騎士はぶち切れ状態になった。容赦《ようしゃ》なく剣を一閃《いっせん》する。

ジャリ!!

砂を磨《す》り潰《つぶ》すような音が牢の中に響き、アーヴァンは得意げな顔で胸を張った。

「ア、アーヴァン様……」

取り巻き連中はその姿を見て動揺し、一様に固まっている。

「が……ぐぅ」

本人は気がついていないようだ。もしかすると、俺の首を落とした夢でも見ているのかもしれない。満足げな顔でヨロヨロと二、三歩歩き、糸の切れた人形のようにその場にへたり込む。

「悪いな。俺は一応勇者なんだろ? そんなに簡単にやられてたら勇者はつとまらないぜ」

俺は確信していた。何と言ってもこれは俺の夢だ、俺が負けるはずがない。それにもう一つ、俺の自信を支えていることがある。

俺はガキの頃から、ゲームでは負け知らずだということだ。

格闘系、シミュレーション、ボードゲーム、俺はゲームという名のついたもので負けた経験がない。自分で言うのもなんだが、ゲーマーの中では、ハルヒコという俺のハンドルネームは超有名だった。

(まあ本名の春宮俊彦《はるみやとしひこ》の、最初と最後をとっただけなんだが)

これがまぎれもなく俺の夢で、なおかつ見ているのがテンプレなネットゲームの世界であれば、俺に負ける要素はない。無論《むろん》、リアルで剣を振り回すようなイカレタ奴と戦ったことはないが。

六十分の一秒という一フレームの世界に活路を見出《みいだ》す格闘ゲームに比べたら、こいつの動きは隙だらけだ。まるでテレホンパンチのような大きなモーション、そして視線と筋肉の動き。次に繰り出される技が分かっているなら、当たってやる方が難しい。

俺はこいつが大振《おおぶ》りで剣を振った瞬間、それを掻《か》い潜《くぐ》って下から思い切り拳を突き上げただけだ。

不思議なことに、やり慣れた3D格闘ゲームのキャラになったかのように体が自在に動く。

(夢とはいえ、気分がいいなこれは。まるで出来がいいVR《バーチャル・リアリティ》でもやってる気分だ)

もちろん、まだここまでのVRなんて開発はされていないが、もし存在するとしたら、まさにこんな感じだろう。

顎《あご》が砕《くだ》けた貴族の御曹司《おんぞうし》のまわりで、腰ぎんちゃくどもが騒いでいる。

「きっ!! 貴様ぁあああ!!!」

数は五人か。

この数なら何とかなる。そう思っているところが、いかにも三下の発想だ。

俺は慣れた動きで三下どもの剣の動きを見切り、的確に鳩尾《みぞおち》に拳を沈めていく。巧《たく》みにフェイントを織《お》り交ぜながら、わざと緩急《かんきゅう》をつけた動きをしているので、奴らは俺の動きに全くついてこられない。

「があああはあああ」

苦し紛《まぎ》れに肺の中の空気を全て吐き出して、五人の三下どもは身動きすら取れずに床に転がった。

もっと手ひどく痛めつけることも出来たが、まあいくら夢でもそこまでするのは後味《あとあじ》が悪い。

「きゃあ!!」

振り返ると、牢の入り口に清楚で可憐な少女が目を見開いて立っていた。

月の光のような美しい銀髪に、少し憂《うれ》いを帯《お》びた瞳。もし世界一の美少女を決めるコンテストがあるなら、優勝候補になるに違いない。さっき大広間にいた少女、つまりはこの国の王女だ。

だがロリコン属性のない俺にとっては、ただのぺったんこ娘以外の何者でもない。

要するに、出るとこ出てる女が好みなんだよ、俺は。

その両脇にいる二人の男女。長身で肩幅が広い男はおそらくこの国の国王で、少女と同じ銀色の髪をした美女は王妃に違いない。

着ているものや装飾品など、夢にしては恐ろしいほどリアルである。

「貴公が異世界から来た勇者だな。私はアルドリア国王、ジームンド・ロイ・アルドリアだ」

さすが、一国の主に相応《ふさわ》しい威厳のある声だな。

ただその表情に、少し疲れを感じるのは気のせいか?

どうでもいいか、そんなことは。所詮《しょせん》は、俺の夢が作り出した存在にすぎないんだ。

黙ったままでいる俺に隣の王妃が話しかけてきた。

「貴方がミルダの言っていた勇者なのですね。どうかこのアルドリアをお救いください!!」

そう言って、俺の手をしっかりと握り締めた。

(ミルダ？　誰だそれは……。自分の夢なのに、展開に全然ついていけていないんだが)

意味はよく分からないが、いきなり牢に入れられた割には歓迎されているらしい。しかし銀髪の美しい少女は、何やら少し怒った顔で俺の顔を見ると、ぷいっとそっぽを向いた。

まあ、そりゃあそうだろう。

ヒロインであるべき自分をまったく無視して、ほかの女にキスした男など願い下げだろうからな。

「国王陛下、私は認めませぬ。このような男が勇者の訳がありませぬ!!」

美しい声だった。

彼らの傍にいた女騎士が、俺の目を見て言い放った。

そうだ。俺は王女や国王や王妃も気になったが、王女を守るように付き従う女騎士が目に留まってしょうがなかったんだ。

輝くようなブロンドの女騎士。

確か牢番《ろうばん》やさっきの優男《やさおとこ》は、ルビアとか呼んでいたな。

やはり、出るところがしっかり出ている女の迫力は違う。美しい切《き》れ長《なが》の瞳は、俺を射抜《いぬ》くように睨んでいる。

「姫様を悲しませた償《つぐな》いは、その命でしてもらおうか！」

悲しませた？　それはちょっとオーバーな気がするが、まあ仕方ない。

こっちはその女騎士の唇を盗んだセクハラの現行犯な訳だから、発言権はないだろう。

女騎士は腰に差した細身の剣、レイピアを手にするとゆっくりその先を俺に向けた。まるで一流の芸術のような動きだった。

「私に敗れるようであれば、この国の勇者となる資格などありませぬ。陛下、よいですね？」

女だてらに騎士団を束《たば》ねるこの女の言葉は、国王としても無視するわけにはいかないのだろう。

顎に手を当てて少し考えるそぶりを見せてから、王は鷹揚《おうよう》に頷いた。

「よかろう、ルビアは我がアルドリア一の剣士。勇者殿にも異存《いぞん》はあるまい？」

一体、どういう理屈でそうなるのかまったく分からないのだが……。

まあ、この国一番の剣士だろうがなんだろうが相手は女だ。

それに、どのゲームでもＰＶＰ（プレイヤーVSプレイヤー）で負け知らずだった俺が、ＮＰＣごときにやられるはずもない。

「好きな武器を言え、直《す》ぐに用意させる」

美しいブロンドを煌《きらめ》かせながら、俺を見つめる女騎士はそう言った。その目は、マジで俺を殺す気満々だ。

面白い。

「いらねえよ、女相手に武器を使うようになったら俺もおしまいだぜ」

レートが高いほど賭け事は盛り上がる。つまり、一番面白いのは自分の命を懸けてするゲームだ。

俺の中のゲーマーとしての血が騒ぐ。

「後悔するなよ、私を女だと侮《あなど》ったことをな！」

女騎士が瞬《まばた》きした瞬間、俺は一気にルビアの懐《ふところ》に飛び込んだ。

俺はまるで自分自身がゲームキャラになったかのように体をコントロールする。ブロンドの髪から漂うほのかな薔薇《ばら》の香りが、俺の鼻腔をくすぐる。

ルビアには、いきなり目の前に俺が現れたように見えただろう。

(悪いが貰《もら》ったな！)

その瞬間、美しい女の瞳が俺を射抜いた。

(やばい!!)

ゲーマーの直感が囁《ささや》く。

ルビアのレイピアが俺に向かって突き出されるのが見えた。このまま俺が拳を放てば、カウンターで串刺しにされるだろう。かといって今さら攻撃をやめれば隙が生《しょう》じるだけだ。

俺は突き出すために一度引いた右腕が作り出す遠心力を利用して、クルリと反転する。

その瞬間、俺の頬をルビアのレイピアがかすめた。

「なに!!」

女騎士の美しい唇から声が漏れる。

レイピアの一撃をかわしたのと同時に俺が放った鋭い後ろ回し蹴りが、ルビアのブロンドを大きく靡《なび》かせたからである。

これは学生時代、俺がよく使っていた格闘ゲームのキャラクターの動きだ。自分が出した技を、途中でキャンセルするスキルキャンセル。そしてそこから別のスキルへのスキル連携《れんけい》。

これが出来る奴と出来ない奴で、この手のゲームの勝率は格段の差がつく。俺はそのまま、つむじ風のように回転し、ルビアとの距離をとって身構えた。

（ちっ、今の蹴りをかわすのか、この女！）

頬に赤い筋が走っている。目の前の女の鋭い剣技によるものだ。

（マジか……）

俺は完全に学生の頃のゲーマーに戻っていた。

女騎士が瞬きをしたのは罠だ。相手を自分の懐《ふところ》に誘い込むためにわずかな隙を意図的に見せて、そこに相手が踏み込んだ瞬間に仕留《しと》める。

格闘ゲーム、いわゆる格ゲーでよくある手である。

「よくかわしたな」

「それはこっちのセリフだぜ」

俺が驚いたのと同じように、ブロンドの美しい女騎士もレイピアを構え直して俺に対峙《たいじ》する。そのレイピアの先で鮮《あざ》やかに円を描くと、今度は目にも留まらぬほどの速さで俺に向かって踏み込んで来た。

（やばい!!）

高速で繰り出されるレイピアの突きを、俺は俊敏《しゅんびん》な動きでかわしていく。

しかしその凄まじい攻撃によって次第に俺は、牢の奥の方に追い詰められていった。

俺が焦りを感じた次の瞬間、体がバランスを崩す。ついさっき倒して、床に転がっていた三下の一人につまずいたのだ。

ブロンドの女騎士の瞳が仄《ほの》かに昏《くら》い歓喜に揺れた。好機を逃さぬとばかりに、女騎士はすかさず下半身を沈め、必殺の突きを俺に放つ。

肩に焼けるような熱さを感じた。左肩を、ルビアのレイピアに刺し貫かれたのだ。

「かはっ‼」

だが床に血を吐いて倒れたのは、女騎士の方である。俺はかろうじてまだ倒れてはいなかった。

相手を誘い込むのはルビアだけの専売特許《せんばいとっきょ》ではない。俺は三下の体に足を取られた振りをして、ルビアが俺に止《とど》めを刺しに来る瞬間を狙っていたのだった。

女がわずかにスピードを緩め、渾身《こんしん》の力を込めた一撃を放つ瞬間――。

俺は女の鳩尾《みぞおち》に全力の拳を打ち込んだ。

ところがそれが少しずれて、俺は美しい女騎士の柔らかい胸の感触を拳で味わいつつ、肩を貫かれていた。俺は自分の体が床に崩れ落ちるのを感じた。だが、先に倒れたのはあの女騎士だった。

勝者は俺ということでいいだろう。

古い言葉で言えば、肉を切らせて骨を断《た》つってやつだな。

その時、俺の頭の中でファンファーレのような音楽が鳴り響いた。そして美しい女の声が聞こえてくる。

(勇者よ、異世界の勇者よ、貴方はレベルアップしました。ステータスを見ますか?)

声色《こわいろ》は疑問系の割に、有無《うむ》を言わせぬ響きがある。ゲームで言えば、スキップボタンは何処にもない状態だ。

(見ますよね?)

絶世の美女を連想させる声だが、人の話を聞く気はないらしい。
女の声が、俺のステータスとやらを読み上げる。

名前：春宮俊彦《はるみやとしひこ》
Lv2
職業：異世界から来た勇者
クラス：マスター・オブ・ゲーム
力：200
知恵：1500
素早さ：750
体力：350
器用さ：2200
称号：異世界で最初にセクハラをした男、巨乳好き
解放されし力：なし

（ちょっと待て！　称号の項目が酷《ひど》すぎるんだが……）

まあいい、どうせこれはただの夢だ。文句を言っても始まらない。

俺はゆっくりと目を閉じる。

——とにかく長い夢だった。

目が覚めた時にはすでに疲れ果てているのではないかと俺は自嘲《じちょう》気味《ぎみ》に笑う。やがて意識が混《こん》濁《だく》し、深い微睡《まどろみ》の中に呑《の》み込まれていった。

第二話「現実」の世界

すげえ肩が痛い……。

俺は、ベッドから落ちた衝撃で目覚めた。

やり込んだゲーム用のＰＣは埃《ほこり》をかぶって久しい。大学時代は数々のネトゲにはまっていたものだった。しかし今ではその俺も立派な社会人として世のため、人のため……。

まあ、基本的には金のために走り回っている有様《ありさま》だ。

それが大人ってもんである。

（やばい、遅刻だぞこれ‼）

役に立たない目覚まし時計を蹴り飛ばすと、俺は手櫛《てぐし》で手早く髪を整えた。それからわき目もふらず背広を着て家を飛び出す。

俺は春宮俊彦、今年で二十四歳のサラリーマンだ。

一流というよりは限りなく三流に近い二流大学を去年卒業して、今は可もなく不可もない程度の商社で営業をしている。商社なんて言えば聞こえはいいが、別に日本と海外を行き来するようなエリートではない。社長の好みで海外から仕入れたものを捌《さば》く単純な仕事だ。

例えば、社長が気に入った海外ブランドの服を、若者が集まるセレクトショップの店長に売りこんだりと……。まあ、色々だ。

俺は煙草《たばこ》を咥《くわ》え、火を灯《とも》そうとした。そこではたと禁煙したことを思い出して苦笑いする。取引先の社長の奥さんに、「旦那一人では続かないから一緒に禁煙をしてくれ」と頼み込まれたのだった。

俺は中古で買った愛車を走らせて、会社に向かう。会社に到着したのは始業の鐘が鳴るのとほぼ同時だった。俺は上司や同僚達に勘《かん》づかれないようさりげなく入り口の扉を開けた。

ところが――。

「春宮くん！」

聞き慣れた声の主が俺を睨んでいる。先輩社員の香織《かおり》さんだ。美人というよりは可愛らしい感じの人だが、仕事には厳しい。

「まったく、髭ぐらい剃《そ》って来なさいよ。営業は爽《さわ》やかスマイルが大事なんだから！」

（この人、時々言うことが昭和だな）

俺はそんなことを思いながら頭を下げる。

それにしても、肩の痛みが酷い。あまりの痛さに意識が朦朧《もうろう》としてきたが、まさかベッドから落ちて肩が痛いので帰らせてください、とは言えないのが大人の世界だ。

しかしちょっと待ってくれ……。その理屈は分かるんだが、痛すぎてまともに立っていられなくなってきたぞ……。

俺はフラフラと、先輩の香織さんの胸に顔を埋《うず》めるように体を預ける。

「春宮くん？」

ああ、なんていい香りなんだ。まるで薔薇《ばら》の庭園にいるかのようだ。

そんなぼんやりとした意識の中でふと顔を上げると、心配そうな香織さんの瞳と目が合ってしまった。柔らかいその胸の中に身を埋めていると、不思議と痛みが引いていくように感じた。

ところが、その香織さんの顔が薄く白い光のようなもので霞《かす》んでいき、ついには空気に溶けて消えてしまう。

俺はそこで目が覚めた。

ん？

目が覚めた……？

ここは何処だ？

いや……。

それよりも、これはなんだ？

何とも心地の好い弾力が、俺の顔を押し潰している。薔薇《ばら》の香りはここからするようだ。とりあえず触ってみよう。

ムニュムニュ……。

は！　……この弾力は……。

間違いない。これはまごうことなき天然の……巨乳だ！

「ふふっ、意外と大胆なのね、異世界から来た勇者は」

巨乳の上についている女の顔が俺を見て笑った。

うむ！　この笑顔は「セクハラＯＫ！」という笑顔だ。

それでは、お言葉に甘えて……。

ムニュムニュムニュ……。

いや、何をしてるんだ俺は。

寝ぼけまなこをこすりながら、俺はあらためてじっくり辺りを見渡す。すると、どうやら自分は白く立派な天蓋《てんがい》つきのベッドに寝かされていた。

しかも、その俺の胸の上には、どうしたわけか美女が乗っていた。

燃えるように赤いロングヘアと、ゴールドに近いアンバーの瞳。そして、挑発的な唇。

酒癖は悪い方だが、こんないい女をひっぱりこんだ覚えはない。

(ちょっと待てよ、この女……。やっぱり、まだ俺は夢を見てるのか?)

美しい髪の間から見える長い耳は、まるでファンタジー映画に登場するエルフを彷彿《ほうふつ》させる。

「悪いけど一つ聞いてもいいかな。……あんた、誰だ?」

女は、俺の言葉に少しすねたような顔をした。

「酷いわ。あんなことや、こんなことまでしてあげたのに。私のことを忘れるなんて!」

俺の肩に口付けをしながら、女は妖艶《ようえん》な瞳で俺を見ている。

それにしても、でかい……。暴力的な胸が、俺の腹の上で暴れている。

「ミルダお姉様!!」

突然の大きな声が、夢うつつの狭間《はざま》を漂っていた俺の意識をようやく覚醒《かくせい》させた。

美しい銀色の髪に青く澄んだ瞳。そこらへんのアイドルが、束になっても勝ち目がないような可憐な美貌の少女が、顔を真っ赤にして俺を睨んでいる。さっきまで、俺が見ていた夢の中に出てきた王女である。

その胸は、残念ながらやはり発展途上にあるらしく、まな板レベルを抜け出ていない。

ミルダは王女を見ると、少しからかう口調で言った。

「あらぁ、リーアが『勇者様が死んじゃう！　何とかして！　お願い、お姉様！』って泣くんですもの。ですから、私が全力で看病してあげたのよ」

「なっ!!　泣いてませんわ!!」

少女はムキになって否定してから、少し怒ったような目でもう一度俺を睨みつける。

「ふ、ふしだらです!!　ルビアにキスをしたり、ミルダお姉様の体に触ったり！！！」

いやいや、ちょっと待ってくれ。先に触られたのは俺の方だぞ。

「ふふっ、からかいすぎましたわね。私はミルダ・リューゼリア。宮廷の魔道騎士の団長を務めておりますの。この耳を見ればお分かりかもしれませんが、私はハーフエルフですわ」

（ハーフエルフということは、人間とエルフの混血か……）

赤い髪の美女は、王女の横に立って俺を見ている。だが気になるのは、王女が彼女をお姉様と呼んでいる点だ。

王女は何処から見ても人間である。国王のジームンドも、王妃も人間だった。つまり、国王がどこかの美人のエルフとの間に、腹違いの子供を作ったってことだろう。王女ではないところからして何か事情があるようだ。

あの国王、クソ真面目に見えたが、やることはやっている訳だな。

「命に別状はないと思ったのですけれど、リーアがあまりに貴方を心配するので、回復魔法をかけて差し上げたのです。ほら、先ほどの口付けで、肩の傷もすっかり癒《い》えたはずですわ」

そういえば、確かに痛みはもうない。充分な睡眠をとった後のように体も軽《かろ》やかだ。

ようやく俺は確信した。これは夢ではない、と。

夢にしてはあまりにもリアルすぎる。あの胸の感触が夢ならば、現実世界こそ、夢だと言えるだろう。

それでもやはり念のため、俺はベットの側に立っている美しい赤毛の女の胸にもう一度タッチした。何とも肉感的な感触が、俺の手のひらに伝わってくる。

(うむ、これは現実だ。間違いない!)

その時、俺の頭の丁度真後ろから声が聞こえた。

「姫様、やはりこいつは殺しましょう。こんな男が勇者のはずがありません」

振り返ると、氷のように冷たい目が俺を見据《みす》えている。

例のブロンドの女騎士だ。

（落ち着け俺……。もしこれが現実だとしたら）

いや、たいしたことはない。……落ち着くんだ。もう一度よく今までの経緯を振り返ってみよう。

まず俺は何らかの方法で、いつもの喫茶店の入り口を通って、この世界にやって来た……。

まあ、そこまではいい。

その後、この国の国王やら王妃やら王女やらそのほかもろもろのお偉《えら》いさんの前で、この金髪の綺麗なお姉ちゃんにブチュッっとかました訳だ！

王女の挨拶をまったく無視して………。

そりゃあ牢屋にぶち込まれるわ。俺が国王なら、二度とこんな狂犬を野に放ったりはしない。

ブロンドの美しい騎士が王女の側に立って、俺を睨みつける。

「手当をしたミルダにはすまないが、私はこいつの顔を見るとムカムカする」

当然だろうな。満座《まんざ》の前であんなことをされてムカつかないなら、それは俺に惚《ほ》れてるか限りなくビッチかのどちらかに違いない。

俺に拳で突かれた胸が痛むのか、その場所に手を当てる。

俺は頭を掻きながら言った。

「あ……悪い。まあ、あんた結構胸がデカイから大丈夫だったよな？」

その瞬間、俺の口の中にレイピアの先が突きつけられていた。

うむ……これ以上は喋らない方がいいな。俺はフォローが下手なことで有名なんだ。

「私は騎士だ！　女だからと侮辱《ぶじょく》される筋合《すじあ》いはない。今度私にそのような軽口《かるくち》を叩いたら、姫様の許可がなくても、その舌を串刺しにしてくれる！」

「待ってルビア！　ちゃんとわたくしから説明させて！　勝手なことをしているのは、わたくし達なのよ！！！」

王女の言葉に、ブロンドの女騎士はハッとした顔になって剣を収めた。

「申し訳ございません、リーア様。私はただ、王女殿下を侮辱したこの男が許せなくて」

しょげ返ったブロンドの女騎士は、少し可愛かった。

王女はルビアの右手を取って微笑む。

「分かっています。貴方の忠誠心は、いつだってわたくしを救ってくれましたから」

王女は、王族に相応しい威厳のある表情で俺を見つめた。

「あらためてご挨拶いたしますわ。わたくしは、アルドリア聖王国の第一王女、リーア・リグナ・アルドリアと申します。勇者様、まず貴方のお名前をお教えくださいませ！」

王女から名乗っているのに、返答をしない訳にはいかないだろう。

「春宮……。いいや、俺はハルヒコ。そう呼んでくれ」

俺はとりあえずそう名乗った。

本名より短くて分かりやすいからな。最近じゃあ仕事が忙しくて、ネトゲもすっかりご無沙汰《ぶさた》になってしまったので、このハンドルネームも懐かしく感じるが。

「ハル……ヒコさま。変わったお名前ですね」

目の前の少女が微笑む。

外見は、十二～十四歳ぐらいだが大人びた雰囲気がある。

「ふ～ん、ハルヒコね、いい名前じゃない」

赤毛の美女が、王女の肩に手を置いた。

「リーアどうするの？　私から話してもいいのよ」

ミルダの言葉に王女は、首を左右に振って俺の瞳を見つめる。

俺はロリコンじゃない……。

だが、これほどの美少女に正面から迫られては悪い気もしなかった。

王女は両手を胸の前で合わせて、祈るように呼吸を整えた。

「勇者様、どうかこの国をお救いください!!　今、この国は滅亡の危機にあるのです!!」

(ちょっと待て、誰かと間違えてないかこれ？)

そりゃそうだろう。さっきまで喫茶店で珈琲を飲んでいたサラリーマンに、国が救えるとは思えない。

「そもそもだな、俺はただのサラリーマンだぞ？　勇者とやらを喚びたかったのなら、完全に見当違いだと思うんだが」

美しいハーフエルフが、首を傾げる。

「サラリーマン？　それが何なのかは私には分からないけれど、貴方は強いわ。ルビアとまともにやりあえる剣士なんて、そうはいないもの。まさか、素手《すで》で相手をするとは思わなかったけれど」

確かに言われてみればそのとおりだ。

ミルダはローブの中から青く光る水晶を取り出して手をかざす。

「精霊族は人の力を見ることが出来るわ。私は半分しか血が混ざってないから完全ではないけれど」

赤い髪の美女の手から光が放たれて俺の体を覆う。

そして、水晶の中に文字が浮かび上がった。

Lv 2
職業：異世界から来た勇者
クラス：マスター・オブ・ゲーム

力：２００
知恵：１５００
素早さ：７５０
体力：３５０
器用さ：２２００
称号：異世界で最初にセクハラをした男、巨乳好き
解放されし力：なし

ミルダは、それをルビアとリーアにも見せる。

王女は目を丸くして言った。

「すごい……。騎士でさえ全ての能力が１００に達する者は稀《まれ》なのに。こんな数字、ルビアと、ミルダお姉様ぐらいしか見たことないです！　それに聞いたことないクラスも」

「ユニークと呼ばれる唯一無二の力を持ったクラスがあるとは聞いたけれど……。もしそうなら、私も実際に見るのは初めてね」

ミルダが呟いた。

よく分からんが、それなりの力が俺にはあるらしい。

そういえばルビアと戦った時も、まるでゲームの中のキャラクターを動かすように体をコントロールできた。それに、あの時俺の頭の中に響いた女の声……。

追想《ついそう》に浸《ひた》っていると、リーア王女が俺の手を握り締めてきた。可愛らしい顔で俺をしっかりと見つめる。

「勇者様、どうかわたくしの話を聞いてください！　どうか、お願いします‼」

幼い瞳は真剣そのものだ。とても冗談には見えない。

「……分かった。とりあえず聞かせてくれ。話はそれからだ」

そもそも帰るにしても、どうやってここにやって来たのかも分からないんだから帰りようがない。

とりあえず現状を知ることが一番だ。王女の話を聞けば何か分かるかもしれない。

王女は俺の言葉に顔を輝かせる。

「ありがとうございます、勇者様！」

俺がリーアから聞かされたのは、今から数日前の出来事だった。

◇

その日リーアは、巨大なダンスホールにいた。

隣国の大国ドラグリア王国の宮殿に作られた迎賓館《げいひんかん》の大広間である。豪奢《ごうしゃ》な彫刻が施された大理石の柱が並ぶ絢爛《けんらん》な光景に、アルドリアの王女リーアも圧倒された。慎《つつ》ましく国民と共に生きてきたアルドリア王家ではとても考えられないほどの贅《ぜい》を凝《こ》らした建築物は、この国の力を証明していた。

リーアがドラグリアに来たのは今日が初めてだ。

先代のドラグリア国王アファードは賢王《けんおう》と呼ばれ、父のジームンド王とは古くからの盟友《めいゆう》だったと聞いていた。そのため、ドラグリアとアルドリアは友好国として共栄してきたのだ。だがそれが大きく変わったのは七年前。国王アファードが病《やまい》に倒れ、その後を弟のドルメールが継《つ》いでからである。

ドルメール・ベッルム・ドラグリア。

隣国と友好関係を結び、大陸の西を平和的に治めていたアファードとは違い、ドルメールは法外な貢物《みつぎもの》を隣国に求め、隣国がそれを断ると、軍をもってその国を攻め滅ぼしていった。ドラグリアに国境を接する小国は、既にその多くが滅ぼされるか、事実上帝国の属国と言ってよいほどに支配されていた。

そしてついに、皇帝を名乗ったドルメールは周辺国の王族を集めて宴《うたげ》を開いた。

それが、今夜の集まりである。

多くの国の使節団は、この宮殿の主の機嫌を損ねぬように小さくなっていた。赤い絨毯《じゅうたん》が敷《し》き詰《つ》められたホールの左右には、美しい女だけで構成された楽団員が音楽を奏《かな》でている。

ホールの中央では、脂ぎった巨体を揺らしながら冠《かんむり》をかぶった男が細く美しい女の体を抱き寄せていた。

「なっ!! 何をなさるのです、ドルメール王! ……ぶ、無礼ではありませんか!」

まるで窓から差し込む月光のように清楚で美しい光を放つ銀色の髪が靡いた。

「ふん、小国のアルドリア王妃風情《ふぜい》が、このドラグリアの王たるワシに逆《さか》らうというのか」

醜《みにく》く肥《こ》え太った男の指先が、いやらしく王妃ヒルデの腰を撫《な》でまわす。

アルドリア王妃の美しい顔は、羞恥《しゅうち》に震えている。

「ほれ、お前の夫であるアルドリア王も何も言わぬではないか。かつてはあのエルフの女王をたぶらかした勇者も、すっかり今では臆病者に成り下がったわけだ」

夫への侮辱《ぶじょく》に、ヒルデの顔が怒りの色に染まる。

「まあよいわ。お前のように使い古《ふる》された女に興味はない。もう下がってよいぞ」

皇帝ドルメールは、娼婦《しょうふ》を扱うようにヒルデの尻を弄《もてあそ》んでから、アルドリアの使節団の方へ突き飛ばした。

「うっ!!」

ガクリと膝を突くヒルデの傍に、王女リーアが駆け寄る。目の前で母親を散々侮辱されて、リーアの勝気な美貌が怒りでゆがんだ。

「どうしてあのような男がドラグリアの王に……。ドルメールが皇帝だなどと、一体どうなってしまうのです」

夜の舞踏会で無理矢理ダンスの相手に選ばれ、体中を撫で回されたヒルデは屈辱に体を震わせて泣いた。アルドリア王ジームンドも怒りに震えたが、それがドルメールの挑発であることを十分に理解しているために、ただ耐え忍んでいるしかなかった。

そして、リーアは醜く太い指が、次に自分を指差すのを見て体中を震わせた。濁《にご》りきった瞳が、淫猥《いんわい》にリーアの全身を舐《な》めまわす。

「どうした、アルドリアの王女は踊りも満足に出来んのか？」

リーアは怒りの表情を浮かべつつも、前に進み出た。

ドラグリア城の巨大な舞踏会場の中でも、母ヒルデ譲《ゆず》りの銀色の髪は美しく映《は》える。幼い妖精のようにしなやかなその姿を見て、ドラグリアの貴族達からも、ほぅっと、感嘆《かんたん》の声が漏れた。

「まだ小娘のくせに、気が強いのぉ」

ダンスを踊り始めると、耳元で皇帝ドルメールが囁いた。

リーアは、顔を背《そむ》けたまま黙ってダンスを続けた。

芋虫《いもむし》のように醜いドルメールの指が、リーアの背中を何度も這《は》いずり回る。リーアは吐《は》き気《け》を催《もよお》しそうになったが、唇を噛《か》み締めて堪《た》えた。

その様子を見て、ドルメールは下卑《げび》た笑いを浮かべる。

「情けない父親の為《ため》か？　それともアルドリアの民の為か？　母親ともども娼婦のように扱われて声も出せんとは、小国の王族とは惨《みじ》めなものよのう」

リーアの唇から血が滲《にじ》んでいる。悔しさのあまり、唇を強く噛みすぎたのだ。

護衛に当たっているルビアが剣を抜きかけるが、側にいたミルダがそれを静止した。

「やめなさい、ルビア。ここで剣を抜けば、ドルメールの思うつぼよ」

ミルダも怒りに肩を震わせている。

「こちらから手を出せば、ドラグリアに大義を与えることになる。今のドラグリアは、まともに戦って勝ち目がある相手ではないわ」

ドルメールの太い指がリーアの顎をクイと捻《ひね》り上げた。そして自らの醜い唇にリーアの柔らかい唇を近づける。

「噂どおりの美しさじゃのう。わしが皇帝となったこのめでたい日に、アルドリアの妖精と呼ばれるお前を、わしの妾《めかけ》の一人にしてやろう」

リーアの瞳が恐怖に怯えた。

「その細い体をわしのものにするのが楽しみで、そなた達のような貢物《みつぎもの》もろくに出来ん連中を呼んでやったのだ。今夜からたっぷりと可愛がってやろう」

ドルメールによる突然の暴挙《ぼうきょ》に、アルドリア王も激怒して立ち上がった。

ドルメールは醜い指先でリーアの頬を撫でて、その可憐な唇を奪おうとする。

「いやっ！！！」

リーアは真っ青な顔になって、思わずドルメールの体を突き飛ばしてしまう。小さな体の王女から思わぬ反撃を受け、皇帝ドルメールの巨体はその場でひっくり返った。

その無礼を見とがめた衛兵がリーアを素早く取り囲んだ。

「限界だ、ミルダ‼」

ルビアがそう叫んだ瞬間、赤い髪の魔道士も怒りの声を上げる。

「同感よ、ルビア！！！」

ルビアはまるで稲妻のように衛兵を打ち倒すと、リーアを抱えてミルダの元に走り寄る。

ミルダは既に転移魔法の詠唱《えいしょう》を始めていた。

「時の女神ハルミートよ、我は汝《なんじ》の力を欲《ほっ》するものなり。我に力を与え、かの地へ我らを運びたまえ。ゲートリープ‼」

青い光がアルドリアの訪問団を包み、その姿は消え去る。

皇帝ドルメールは、それを見て残忍な顔で笑った。

「愚か者どもめが。このワシに逆らえばどうなるか教えてくれよう」

ほかの小国の王族達は、その笑みに背筋を凍らせる。ただの欲望にまみれた男に対してなら、これほど恐怖は感じない。この男は欲望をほしいままにするだけの邪悪《じゃあく》な知恵を持った悪魔なのだ。

アルドリアは、賢王ジームンドが治める比較的豊かな国である。

そして美しい王妃と王女。

この男がほしがらないはずがない。

挑発をされたとはいえ、皇帝ドルメールの即位を祝しためでたい宴の席で衛兵に対して剣を抜き、その場から瞬間的に移動する魔法まで使ったのだ。これはもはや、アルドリアはドラグリアに宣戦布告をしたに等しい。国を守るために残された道は娘を差し出して属国となるか、滅ぼされるしかないだろう。

低く傲慢な声が、はっきりと宮殿に響いた。

「アルドリアに使節を送れ。そして伝えよ。滅びるか、娘を差し出すか、今すぐ選ぶようにな」

第三話　王女の涙

翌日、ドラグリアから正式な使節団がアルドリアの国境に到着した。

その手際《てぎわ》の良さからすると、最初から使節団は国境付近で待機していたのだろう。だがそれは使節団とは名ばかりの、数万からなる軍隊だった。

アルドリアとドラグリアの間には、アルース山脈がある。ドラグリアはまず、その天然の国境にある関所を軍で制圧した。その関所を通り、数万にもなる使節団がアルドリア内に進攻する。

両国の唯一の通行口とも言えるアルース関所を押さえられたアルドリア側は、成す術《すべ》なく使節団を城下に迎え入れるしかなかった。

ドラグリアの使節団を束ねるグフール伯爵は、玉座の前でドルメール国王からの書状を読み上げていく。

「第一に、先日の非礼《ひれい》を詫《わ》びる証として、アルドリア王国よりドラグリアに対して、今後は毎年今までの三倍の貢物を捧《ささ》げること。そして第二に、両国の平和を祈願《きがん》して第一王女リーアを、今すぐ我がドルメール皇帝陛下の第十五王妃として差し出すこと」

玉座に座るアルドリア国王を、グフール伯爵は立ったまま尊大な態度で見下ろしながら言葉を続ける。

「よいか。我がドラグリアの寛大なるドルメール皇帝陛下は、先日の無礼を許そうと仰《おっしゃ》られているのだぞ。あくまでもこちらの申し出を断るなら、アルドリアには我が国への敵対の意思があると断《だん》じるしかないがな」

（やはり初めから……）

ミルダは唇を噛んだ。

グフール伯爵は、傲慢だがドラグリアでも屈指《くっし》の剣の使い手であり、一軍の将としても有能だという。これは体《てい》のいい侵略行為だ。

その証拠にドラグリアの兵は使節団を装いながら、城下を蟻《あり》の出る隙間もなく包囲している。もし要求を呑まなければ、容赦なく攻撃を加えてくるだろう。

ミルダは唇を噛んで玉座の間を後にすると、城内の執務室の一つに向かった。そこには使節団の目に触れぬよう連れて来られたリーア王女と、護衛としてルビアが控えている。

ミルダは手短に王女とルビアに状況を説明した。

ブロンドの女騎士は、怒りに肩を震わせている。

「ふざけるな!! そのような申し出を陛下が受け入れるはずがない!! 二万程度の兵なら我らアル

ドリア騎士団を集めれば何とかなるはずだ！！！」

ルビアの言葉にミルダは首を横に振った。

「駄目よ。先に手を出したら、すぐに増援が来るわ。アルース関所を抜けた国境付近に、あと三万ほどの兵が待機しているのを確認しています。ルビア、陛下と王妃殿下《でんか》、それに姫様を連れて逃げて頂戴。あとは私が何とかするわ……。王妃殿下のご実家であるバルム公国のリュヒュタール様なら、きっとお力を貸してくださるはず」

リーアがミルダの手を握った。

赤い髪の宮廷魔道士は自分達を逃がすために、死ぬ気なのだ。リーアはその瞳に浮かぶ覚悟を感じた。

「駄目!!　そんなことしたらミルダお姉様が、お姉さまが死んでしまう!!　そんなのいや！！！」

ミルダはリーアの手を優しく握り返す。

「馬鹿にしないで、リーア。これでも伊達《だて》に赤い髪の魔女なんて呼ばれてないわ。あとでバルムで会いましょ」

妹を見るミルダの目には、涙が浮かんでいる。

（嘘……。お姉様は、死ぬつもりなんだわ）

リーアは姉のことが大好きだった。母親は違っても、いつも妹の自分を心から愛してくれた。とても美しいその横顔。

「私の母は陛下に愛されて幸せだった……」

（お父様が若い頃、美しいエルフの女王と恋をした。そして生まれたのがお姉様）

美しい姉は、そっと妹を抱き締める。赤い髪が執務室の窓から吹き込む風に揺らいだ。長く美しい耳が、その髪の間から覗いている。

「人と精霊が交わることは禁忌《きんき》とされているわ。だから母は、精霊王の怒りを買って命を失った」

ハーフエルフの魔道士は、リーアの頬に優しく手を当てた。

「私も一度は陛下を恨んだわ、母を捨てて殺した男だって。だけど人間の血を嫌う精霊界の掟に従ってそこから追い出された私を、あの人は娘として迎えると言ってくれた。そんなことをしたら、全てを失うかもしれないのに」

穢《けが》れを嫌う精霊達は、その穢れの象徴《しょうちょう》とも言える人間と交わった同胞《どうほう》を許さない。それがかつて、永遠なるエルフの女王ミルファールと呼ばれたミルダの母親でも同様だ。

彼女の肉体は焼かれ、娘のミルダも地に捨てられ、その強い魔力を恐れた人達からも忌《い》むべき存在として石を投げつけられた。

まるで魔女のように。

ミルダは静かに窓の外を見つめた。

「その時決めたのよ。こんな時が来たら、あの人を守ろうって。お母様なら、きっとそうしたはずだから」

リーアは、優しい姉の胸に顔を埋めて泣いた。

「だめ！　そんなのだめ。……私があの男に嫁《とつ》ぎます。だから」

ミルダは、リーアの肩に手を置いて首を横に振った。

「そんなことはさせない！　絶対に!!」

忌々《いまいま》しげにミルダは吐き捨てた。

「あの男は最低のサディストよ。気に入った女を散々弄《もてあそ》んで拷問《ごうもん》をするの。体中に針を刺して死に掛けたところを回復魔法で回復させる。そうやって狂わされたエルフもいるくらいなのよ。人間の貴方じゃあ、とても耐えられないわ。精神を破壊されて、ただ生《い》かされてる人形にされてしまう」

ミルダの恐ろしい言葉に、リーアの体はガクガクと震え、目からは涙が零れ落ちる。

「大丈夫……、わたし耐えます。どんなことをされても……。だから」

赤い髪のハーフエルフは、リーアの体をしっかりと抱き締めた。

「そんなことは姉さんが絶対にさせない。リーア、私が貴方を守ってあげる」

ミルダの手に力が篭《こも》る。大切なものを守るための強い決意が、ミルダの瞳に浮かんだ。

（お母様‼　お願いお母様！！！　私に力を貸して！！！）

その時、ミルダの左手に嵌《は》められた指輪が強い光を発した。

温《あたた》かく柔らかい光。

「お母様？　お母様なのね！」

ミルダは光に向かって聞いたことのない言葉で語りかけている。リーアやルビアには見えなかったが、何か温かい存在が近くにいることだけは感じた。

「ええ……やってみるわ……。その人が本当に？　そうなのね……。分かったわ、ありがとう、お母様」

光がゆっくりと消えていくのを感じて、リーアは美しい姉を見上げる。

「二人とも今から城のみんなを集めて頂戴。召喚するわ。私達を助けてくれる、勇者を」

◇

リーアは一気に語り終えて、ふぅ、と息を吐いた。ミルダがその肩に手を乗せて俺の目を見て言った。

「貴方をこの世界に召喚したのはお母様の力。精霊王ゼオンの娘、ミルファールのね」

しかし、よく見ると本当にいい女だ。エルフといえば美女のイメージだが、それに恥じない美貌《びぼう》の主である。

「私は召喚の時のゲートを維持するだけで精一杯だったので、貴方がどこから、どうやって喚《よ》び出されたのかは分からないの……」

ミルダの瞳がすまなそうに揺れる。

「つまり、俺を元いた世界に帰す方法が分からないっていうことだな？　俺にだって仕事があるんだ。さすがにそれは困るんだがな」

ミルダは目を逸《そ》らした。

「ええ……。貴方を喚び出した後、お母様の力も消えてしまったから」

無責任な話だと思った。一方的に召喚しておいて帰す方法がないなんて。

俺はベッドを下りた。まずは、ここが何処なのかを実際に確かめることが先決である。

石造りの窓へ近づいて行き、外を眺める。どうやら、王女とミルダの言っていることに間違いはないようだ。窓の外には、ここが日本ではない証拠として、中世ヨーロッパのような石造りの建造物が広がっていた。

城下を取り囲んでいる軍隊が、例のドルメール王の軍隊なのだろう。まさに滅亡寸前の国に俺はやって来たわけだ。

俺はミルダを見つめて、はっきりと言った。

「迷惑な話だな。仮に俺にそんな力があったとしても、こんな物騒なところに呼びつけていい理由にならないだろう？」

リーア王女が必死になって俺に話しかける。

「ミルダお姉様を責めないで‼　私が責任を持って、貴方を元いた世界に戻せるようにします‼　アルドリアの王女の名前に誓って、そう致しますわ‼」

俺は肩をすくめた。

「今にも、滅ぼされようとしてる国の王女に誓われても困るな」

リーアは、瞳に涙を浮かべて俯《うつむ》いた。

「要するに俺はこの世界の、いや、あんた達のゲームの駒《こま》としてこの世界に呼び出されたわけだ」

その無遠慮《ぶえんりょ》な発言にブロンドの騎士が怒りの声を上げる。

「貴様、何を聞いていた‼　ゲームだと？　姫様に対して無礼だろうが！！！」

俺はその言葉に呆れて答えた。

「逆の立場なら、どう思う？　いきなり訳の分からない世界に喚び出されて、とんでもない相手と命がけで戦え。しかも、姫君の命令だから名誉に思え？　そんな馬鹿な話に、あんたなら納得するのか？」

俺の言葉に、ルビアはむっとして口を閉ざした。

赤い髪の魔道士が代わりに答える。

「納得しないでしょうね、私なら絶対に。ルビアが言うように、確かにこれはゲームの駒なんかじゃない。その証拠に、貴方は死ぬわ。……この勝負に、勝たない限りね」

黙りこくった王女の肩に手を置きながら、ミルダは続けた。

「しかも、貴方にはまったく関係のないこの世界の……。いいえ、この国のために死ね、というのですもの。こんな馬鹿げた話はないわよね」

ミルダの言葉に、ルビアがこれまでの態度を一変させて俺の前に跪《ひざまず》く。内心ではまだ納得がいっていないに違いない。表情は固く強張《こわば》っており、瞳の奥には不満の色がありありと窺えた。

「ミルダの言うとおりだ、ハルヒコ殿。……私が間違っていた。それでも我らは貴殿《きでん》に頼むしかないのだ。これまでの数々の無礼をお許し頂きたい。貴殿の力を知りたかったのだ！　このアルドリアの命運がかかっているのだから」

王女は泣いていた。

銀色の髪が微《かす》かに震え、長い睫《まつげ》が揺れている。

「ごめんなさい……。ごめんなさい……。ごめんなさい………」

俺はつい先ほど、この少女から聞かされた話を思い浮かべた。

馬鹿げた話だ……。

「なああ王女さま、あんた幾つだ？」

リーア王女は、最初何を聞かれたのか分からなかったのだろう。呆然とした顔でこちらを見た。その頬には、涙が幾重《いくえ》にも流れている。

「はい……。今年で十二になります」

ようやく俺の質問の答えを口にする。

本当に馬鹿げている。

ミルダは、俺をじっと見つめて言った。

「さっきも言ったけど、もう貴方を元の世界に戻す方法はないわ。はっきり答えて頂戴。もし貴方が嫌だと言うのなら、私もルビアも強制はしないわ」

赤い髪が、窓から吹き込む風に靡く。

「もちろん、こちらの世界で貴方が不自由なく生きていけるだけのお金を渡します。そして、ここでお別れしましょう。中途半端な希望は持ちたくないの。この国の、全ての人の命がかかっているのだから」

リーアはまだ泣いている。

「ごめんなさい……。本当にごめんなさい……」

俺は王女の額《ひたい》を、コンと指で突いた。

「あっ、ハルヒコ……さま？」

俺は、指の腹でリーアの目から零れ落ちる涙を拭《ふ》いた。

まったく馬鹿げている。

「つたく……。ガキは、ガキらしくしてりゃあいいんだよ」

リーアはポカンとした顔をした。

大人びて見えるが、こいつはまだ十二歳だ。胸もけしからんサイズにはほど遠い。

しかし、この涙は子供が流す無邪気な涙じゃない。義務と責任に押し潰されそうになって、背伸びをしてる幼い人間の涙だ。そんな涙は、二十歳を回ってからでも遅くはない。

俺は、リーアの銀色の髪をクシャクシャと撫で、ミルダに答えた。

「やるしかないんだろう？　やらなきゃあんたが死ぬ。そうなりゃあ、俺が元の世界に戻る方法が完全になくなるわけだからな」

ミルダは黙って俺に頭を下げた。

どんな難解《なんかい》なゲームにも、必ず攻略法がある。ただし、致命的《ちめいてき》な選択ミスをしたら二度とクリアは出来ない。俺は誰よりもそれを一番良く分かっていた。

リーアは、俺の言葉に大きな瞳からポロポロと涙を零した。

「それにな、俺は大嫌いなんだよ。女を、しかもこんなガキを泣かせるようなクソ野郎がな」

第四話　月光の下で

アルドリア城の城壁の上からは、城下を取り囲むように配置されたドラグリアの駐屯軍《ちゅうとんぐん》が見渡せる。その数、おおよそ二万。ドルメール王の使節団と銘《めい》を打っている以上、手出しは出来ずにここまで侵攻されてしまった。

いや、おそらく反抗する態度に出ていたら増援が直ぐに派遣されてただろう。今すぐに奴らがアルドリアに手を出さないのは、大義名分がないという理由に過ぎない。

今は夜なので、無数に焚《た》かれたかがり火が不気味な沈黙を守っているばかりだが、それがいつ牙を剥《む》いて襲い掛かって来るか知れたものではなかった。

ルビアはその城壁で中天に浮かぶ月の光を見つめていた。

◇

「ルビア、どうしたのこんなところで」

城壁と城内を結ぶ扉が開いて、私の親友がこちらに歩いて来る。

ミルダ・リューゼリア。

この国においてだけでなく、大陸でも有数の魔道士だ。

赤い髪が夜の風に靡いている。

「あの子、寝たわ。……あんなに安心した顔で寝ているの、何日ぶりかしら」

私は月から視線を外さぬまま言った。

「まだ何も変わらない。あの男に、この状況が変えられるとは私には思えない」

私の隣に立ち、ミルダも月を見上げた。

「そう……、そうかもしれないわね……。でも一つだけ言えるわ。子供は子供らしくしてればいいんだよ、ってあの言葉。当たり前のことなのに、私も貴方もリーアに言ってあげることが出来なかった」

ミルダはクスクスと笑った。

「何処から来たのかしら、あの人。……ねえルビア、あの人の世界では、きっと子供は子供らしく笑っているのね。本当に当たり前のことなのに。……ずっと、ずっと忘れてた」

大国の脅威にさらされながら生きているこの国では、子供ですら貴重な戦力なのだ。私も三歳に

なったその日から剣の修行を始め、十歳になった時は騎士として国のために戦いに出た。

私は胸に手を当てた。

「まだ痛むの？」

ミルダの言葉に私は不機嫌に答える。

「少しだけな。……治療は受けたから心配はない。それより、あの男はどうしている？」

「地下の図書館にいるわ。この世界のことが知りたいそうよ」

私は踵《きびす》を返して、城内へ歩き始める。

ミルダはそれを見て笑った。

「起こさないようにしてね。リーア、よく眠っているから」

◇

(不思議な構造の地下室だな)

室内は不思議なほど明るかった。おそらく天窓から月の光を取り入れて、魔力を使って増幅しているのだろう。すでに何冊か読んだ魔法書から得た知識だが、おかげで本を読むのに苦労しない。

部屋の中のいたるところに設置された水晶が月光のように淡く光っている。地下に作られているのは貴重な書物を敵の手から守るためだろう。実際、ここに来るまでは複雑で迷路みたいな地下道を歩かされた。

部屋を開けてまず驚いたのが、その蔵書《ぞうしょ》の豊富さである。

ハルヒコは何冊かの本を机に広げて読み漁っていた。

ルクスワーズ。

俺が今いる世界の名前だ。文献《ぶんけん》を幾つか読んだ限り、この世界は中世のヨーロッパのような封建《ほうけん》社会である。

俺をこの世界に召喚したぐらいだ。ゲーマーとしての勝手な先入観《せんにゅうかん》もあって、当初はいわゆる剣と魔法の世界かと思っていた。ところが魔法を使えるのは、よほどの才能を持った人間か、人とは交わりを避けているエルフと呼ばれる高位の精霊に限られているらしい。

それ故に、エルフと人間の混血であるミルダは人間達から恐れられているのだろう。

言ってみれば、魔女のような存在だからな。魔法が使えない人間にとっては。

そのほかにも、獣人族などといった種族が存在するという。

そして、この世界には三つの大国がある。

一つが、今この国にちょっかいをかけているドラグリア王国、正確に言えば今はドラグリア帝国だがな。大陸の西に位置しており、最も巨大で肥沃《ひよく》な土地を持っている。

リーア王女から聞いた話の通りドラグリアは、アルドリアを含む数多くの小国と隣接しており、数年前に現ドラグリア王ドルメールが即位してからは、そのかなりの数を攻め滅ぼしたり、事実上の属国にしたりしている。

俺は頭の中で、シミュレーションゲームのように状況を組み立てる。

シミュレーションゲームは俺の得意分野の一つだ。だが勝つためにはまず情報が必要である。とにかく、正確な情報がなければ戦略も何もあったもんじゃないからな。

そういう理由で俺は、こうして地下室で文献を漁《あさ》っているわけだ。

まず国力を比べる重要な指標《しひょう》として人口があるが、アルドリアの二十万に対して、ドラグリアの人口は百二十万を超えている。

軍の規模にすると、二万対十数万。本気で衝突すれば、大人と子供の喧嘩にしかならない。

また、今回アルドリアに使節団の名目で駐屯している軍の指揮官はグフール伯爵。ミルダの話では、傲慢だがなかなかの切れ者らしい。この男が率いる部隊だけで約二万。

アルドリアの軍は、全てまとめてもせいぜい同数の二万が関の山だ。既にルビアの指揮の下で城下に集められ、両軍の睨み合いは始まっている。だが仮にこいつらを撃退したとしても、ミルダの話では戦いの口火《くちび》を切れば、それを口実に数万の増援が押し寄せて来るという。そうなれば、確実にアルドリア軍では勝ち目がない。

俺はミルダから受け取った地図を広げた。アルドリアの国境付近に展開している増援部隊の位置を考えると、増援が到着するまでの時間は約三日。それまでにグフールの部隊を全滅させて増援を迎え撃てれば勝機はあるように見える。

だがこれは罠《わな》だ。

そもそも、なぜ五万の兵がいるならその全てで城を包囲しないのか。それはおそらく、篭城《ろうじょう》を防ぐ狙いがあるためだろう。数に圧倒的な差があれば、アルドリアに残された選択肢は篭城しかない。

守りに徹《てっ》した城を攻め落とすのは時間がかかる。その間に王妃の実家であるバルムからの援軍が来るかもしれない。そうなれば、ドラグリア軍もかなりの被害を覚悟しなくてはならなくなる。

話を聞く限り、ドラグリア帝国の皇帝ドルメールは残忍で狡猾《こうかつ》な男だ。

なぜ、グフールの部隊の数をアルドリアの軍とほぼ同数の二万にしたのか。その理由は一つしかない。つまり、相手に勝てるかもしれないと錯覚させるためだ。

その第一段階として、まず法外な要求を突きつけて、アルドリア王を挑発する。次に怒りに任せてアルドリア軍が動いたら、徐々に撤退すればいい。戦っている振りをしながら。

王女と国を守るという大義名分を掲げたアルドリア軍の士気は高く、あたかも勝利を手にしたかのようにグフールの部隊を打ち破るだろう。

そうして蜘蛛の子を散らすようにばらばらになったグフールの軍に対し、アルドリアの兵は意気《いき》揚々《ようよう》と増援軍と戦闘を開始する。

だが、その時点で勝負は詰みだ。

相手が無統率に散ったと油断していたアルドリア軍は、いつの間にか精密機械のように再集結したグフール軍によって静かにその退路を塞《ふさ》がれた格好となっている。

つまり、今回の敵は今目の前にいる連中ではない。元々こいつらは囮《おとり》なのだ。本隊は、今アルース関所にいる三万の増援軍である。

前後合わせておよそ五万の兵に完全に取り囲まれてアルドリア軍は壊滅する。

俺は溜め息を吐いた。

篭城する手はあるが、そうすれば国境にいる三万の援軍が合流して城は兵糧《ひょうろう》攻めに遭《あ》うだろう。ドラグリアにも厄介だが、袋の鼠《ねずみ》となったアルドリアはいずれ落ちる。

要するに早いか遅いかでしかない。

相手にとっては面倒でも、結局アルドリア側としては滅びるという結論は同じ。

そこでこの戦況を覆《くつがえ》す方法は一つしかない。グフールの軍と増援軍を同時に叩くことだ。しかも城を守る最低限の兵は残したままで。

これはまさしく神業《かみわざ》である。

ただでさえ少ないアルドリア軍を二つの部隊に分けるなど自殺行為に等しい。だがほかに方法がないなら、一見それがありえない選択肢に見えても正解なのだ。

俺は天窓から差し込む月明かりを見た。

そして、あらためて冷静になって現在の状況を振り返る。

おそらくこのゲームにはルールがある。それも俺がまだ知らないルールだ。俺がこの世界の言葉を話し、目の前にある書物の文字が読めることがそのルールを決めた者の存在を証明している。

(誰かの意図が働いているのなら、そいつの目的を知ることが先決だな)

ゲームに勝つためには、まず現状で使えるカードとルールをしっかり把握することが大事だ。

ルールを知らない奴は、どんなに賢くてもそのゲームには勝てない。相手が強くなれば尚更《なおさら》である。

逆に負けない奴は、誰よりもそのゲームのルールを熟知している……。

落ち着いてもう一度よく考えてみよう。

俺は何者かの手によって、この世界に喚び出された。

じゃあ、そいつは誰だ？　そして俺を選んだ奴は……。

その謎が解ければ、ルールを決めた奴が誰なのか分かるだろう。

「そろそろ出て来いよ。ルールを教えてくれ、このゲームのな」

月光を増幅させるための水晶が静かに光る。その光が部屋に佇《たたず》む一人の女の姿を映し出した。ミルダに似た美しく耳の長い女は一目でエルフだと見てとれる。

その瞳が細められた。

（この目、こいつは……）

「いい加減にしろ。俺がここで間違った答えを出せばあんたは満足なんだろうが、生憎《あいにく》そこまで馬鹿じゃない」

女の影が消える。

これはデスゲームだ。質《たち》が悪いディーラーが相手の。

おそらく、一手間違えば俺は二度と元の世界には帰れないだろう。

先ほど女がいた場所に小さな火柱が現れる。それは徐々に大きくなり激しく揺れ始めた。怒りのような感情を、俺はその炎から感じた。

「貴様……。人間の分際で」

その炎は、俺の目の前で人の形を作る。

俺はそいつを見つめた。

そうだ……。こいつが、このゲームのルールブックだ。

「ようこそ精霊王、アンタに会いたかった」

第五話　精霊の王

炎の人影の顔には、俺に対する侮蔑《ぶべつ》と怒りの感情が渦巻《うずま》いている。

いや、俺というよりは、人間達全てに対してか。

「あんたが精霊王だな？」

俺の言葉に目の前の火柱があざけるように答えた。

「そうだ、下等な人間よ」

（やはりな）

ミルダは俺を召喚したのが母親のミルファールだと言ったが、俺は疑問を感じていた。もしそうなら協力者がいることになる。それも飛び切りの相手だ。なぜなら、ミルファールは、人と交わり穢れた体を焼かれたとミルダは言ったからだ。

だがもし、その死が完全な消滅を意味するのならば、俺を召喚など出来るはずがない。おそらく父親である精霊の王に人間と交わった肉体を滅ぼされて、何らかの精神体のような存在にされているのだろう。

そうなると前科《ぜんか》一犯《いっぱん》の彼女を、精霊王が野放《のばな》しにするだろうか？

掟破《おきてやぶ》りの罰として、鍵付きの部屋に幽閉《ゆうへい》して監視もつけているかもしれない。しかし、精霊の王とやらは娘を汚した憎むべきアルドリア王のために、ミルファールが俺を異世界から喚び出すのを放置している。

これは、どう考えても矛盾《むじゅん》している。

そうなると、鍵付きの部屋からミルファールが出ることを許可した人物がいるという一つの仮説が成り立つ。

例えば、見返りになる条件などをつけて。

そんな力がある人物は一人しかいない。

つまり、精霊王だ。

これは精霊王とその娘ミルファールが、ルールを決めて争っているゲームだとしたら納得がいく。

俺はその駒《コマ》だ。

おそらくそれは、正しい推測だろう。

「哀れな娘だ。……このような下等な生物に騙《だま》され、子まで生《な》した上に、まだ人間に加勢すると言うのだからな」

地下の書庫に低く響く声は、怒りに満ちている。どうやら、この場で俺を焼き殺したい様子だ。

炎の一部が鞭《むち》のようにしなり、俺の頬を掠《かす》めた。

「やめて！　お父様、約束が違うわ！！！」

その時、金の鈴《すず》のように美しい声が響いた。同時に俺の体から、小さな物体が飛び出し、金色の光を撒《ま》き散らしながら、俺の頬を薙《な》ごうと襲い掛かる炎の鞭を弾き返す。

それは羽の生えた小さな幼女だった。

俺の中にいるとは思っていたものの、想像ではミルダのように色《いろ》っぽく、素晴らしい胸をした女の姿だったんだが。

「あんたがミルファールだな。しかし……その何というか」

可愛らしい。

凛《りん》とした瞳で俺を炎から守ろうと盾になってくれている。

この世界にやって来て、俺に与えられた力——。

例えば、この世界の言葉を理解し本も読める。

ルビアとの戦いの際は、まるで自分が操作するゲームの中のキャラクターのように超人的な体の動きも出来た。

それを与えたのは、俺を喚び出した張本人しか考えられない。常に傍で俺を監視していなければ、そんな芸当は不可能だろう。

精霊の王ゼノンは俺の前で自分に対峙《たいじ》するミルファールへ、火柱となって宣告した。

「よかろう、娘よ。そなたとの約定《やくじょう》は守ろう。ただし、そなたが敗れた時、我は全人類を滅ぼす。約定どおりにな」

やがて火柱は、淡《あわ》い炎になって消えていく。

俺は、その場から強烈な威圧感が消滅するのを感じて、ふぅっと、肩で息をした。状況は想像以上に悪かった。俺がこのゲームに勝たないと、この世界は滅びるらしい。

暫し呆然としていると、頭の中にピロロリロリン！　とあたかもゲームのステージをクリアしたような音がする。

（……この音を考えたのが精霊王だとしたら、正直かなり引くんだが）

「貴方は、わたくしとお父様との間に結ばれた一つ目の賭けに勝ちました。与えられた力に奢《おご》らず知恵を持ってわたくしを探し出すこと。それが第一の試練だったのです」

俺はロリコンではないが、目の前の幼女が成長したら絶世の美女になることぐらいは分かる。これはアルドリア王もぞっこんになるわけだ。幼女になっているのは、一度肉体を滅ぼされたからに違いない。

ミルファールは、かつてのエルフの女王らしく威厳ある顔つきで俺を見ている。

「人間界を滅ぼすという父ゼノンの考えを、私はこれまで何度も諫《いさ》めてきました。ですが人間達は、愚《おろ》かな戦いをやめず欲望のままに生きている。わたくしの説得にも限りがあるのです。しかもついに我が娘ミルダも醜い争いに巻き込まれた。そこでわたくしは賭けることにしました。人間が己自身の意思で、戦乱の世に終止符《しゅうしふ》を打つことに。でももし、わたくしがその賭けに負ければ、父はこの世界の人間を容赦なく滅ぼすでしょう」

精霊というのは、おそらく元の世界で言えば神に近い存在なのだろう。ギリシャ神話の神に例えると、分かりやすいかもしれない。

（人間と間違いを犯す神も、ギリシャ神話には描かれているからな）

精霊王ゼノンは、さしずめ全能の神ゼウスといったところか。

「一つ聞いてもいいか？　なんで俺を選んだんだ？　もっと勇者に相応しい奴は、いくらでもいただろう？」

俺は、一番疑問に思っていたことを素直に聞いてみた。

ミルファールが俺の瞳をジッと見つめている。

「わたくしにも分かりません。ただわたくしの願いを叶えることが出来る者が、貴方が来ることを願ったのです。この世界を、人間の世界を、平和に導く勇者だと」

それが俺だとしたら、その願いを叶える者とやらはとんだ見当違いをしているとしか思えないが。

俺は駄目元《だめもと》で、もう一つ尋ねた。

「なあ、アンタは凄い力を持ってるんだ。俺なんかに頼らなくても、出来るんじゃないのか？　そんなこと」

ミルファールは首を横に振った。

「本来、わたくし達精霊は人間の世界に干渉《かんしょう》できません。深く干渉すれば精霊界と人間界の垣根《かきね》が壊れ、一つの世界になってしまう。穢れを嫌う精霊達はそれを許さないでしょう」

俺は納得した。

人間と交わった娘の肉体を、消滅させた理由もそこか。神に近い精霊王の力が、あの程度の火柱のはずがない。強大な力で、垣根をぶっ壊すのを恐れていたのだろう。

つまり、それをする時は人間の世界を本気でぶっ壊す時だけだ、ということだろうな。

「貴方を召喚した後、わたくしは父ゼノンに力のほとんどを封印されました。勇敢なる勇者よ、わたくしに出来るのは、貴方の眠っている能力を引き出すことぐらいです」

ミルファールは、俺を見つめた。その姿は黄金の光の霧に囲まれて、幻想的な美しさを放っている。

「俺に眠った力か……」

それなら出るところが出た、いい女にモテモテになるような力を解放してほしいものだ。と、俺が不埒《ふらち》な妄想《もうそう》を膨らませた時だった。

ミルファールの顔が、真っ赤に染まる。

「で……出来ません。……いえ、そういう力も眠っている気がしますけど。……あ、あのそれであれば、わたくしの娘はいかがでしょうか？　ミルダは、貴方に少し好意を持っているようですし」

おっと……。俺の心は丸聞こえなのか。

ミルダか、確かにいい女だし、俺好みの胸をしている。やばいな、今色々とイケない想像をしてしまったぞ。

ミルファールは硬直している。

「こ……これは！　貴方の世界では、人間の男女は……。こっ、こんなことをするのですか!!」

うむ、仕方ないな。男の妄想は直ぐに止まらない。

とりあえず俺がほしい情報は全て手に入った。

おそらく何千年も生きてきた精霊界の王女が、意外と純情だと知ったのは余計だったかもしれないが。

第六話　天然のミルファール

「お……お母様!?」

ミルダは、素《す》っ頓狂《とんきょう》な声を上げた。

幼女の姿をしたミルファールは、赤い髪の魔道士の前で一生懸命羽をパタパタさせて澄《す》ました顔をしている。

「久しぶりですね、ミルダ。元気でしたか？」

精霊王の娘らしく威厳を保とうと頑張っているのだが、その容姿とサイズゆえに上手くいっていない。

どちらかというと、可愛らしい。

いいや、完全に可愛らしいと、言った方がいいだろう。

俺は精霊王とミルファールの賭けについては、今回は伏《ふ》せるように伝えておいた。

とにかくまず、ドラグリアのドルメールとかいうクソ野郎を何とかすることに集中しなければ、まとまる話もまとまらなくなる。

リーアは姉の母親に興味深々《きょうみしんしん》の様子だ。ジッと見つめたまま、時々可愛いものを発見した少女のように、ふぁっと相好《そうごう》を崩している。

ルビアは対象的に、いつもどおり冷静な表情である。

「まあとりあえず、これで俺が帰る方法は何とかなりそうだな」

ミルダは小さな母親の前に手のひらを出し、そこにミルファールを座らせて聞いた。

「お母様、それは本当なの？」

ミルファールがコクリと頷く。

「出来ます。ただし、ハルヒコさんが私の父との賭けに……。もごっ!!」

俺は、ミルファールの体を右手で掴み、指先で唇を塞《ふさ》いだ。

彼女は真面目なのだが、空気が読めていないところがある。こんなところで、俺が賭けに負けたら精霊王が世界を滅ぼすつもりだ、なんてぶっちゃけられたら面倒なことになる。

一応、元の世界への俺の大事な帰りの切符を持っている女なのだから、あまりいい加減な扱いも出来ない。俺は素早く自分の肩にミルファールを乗せて座らせた。

耳元でミルファールの非難する声が聞こえる。

「ひっ、ひどいですわ……。ハルヒコさんの中指が、わたくしの胸を触っていました！」

そこなのか？　突っ込みどころがよく分からんが。

顔を真っ赤にして胸を隠しながらジッと俺を見ている姿は、まるで俺がロリコンで、やばい犯罪者のように周りの人達の目に映るので本当にやめていただきたい。

「まあ、帰るのは後だ。リーアに約束したからな。ドルメールをぶっ飛ばす、ってな」

リーアは嬉しそうに頬を染める。

「ありがとう、お兄ちゃん！」

うむ……色々おかしい。

今俺達がいるのはアルドリア城の執務室である。

少し前ここに俺とリーア王女、そしてルビアとミルダが集まった。そこまでは何の問題もなかったのだが、ミルファールが挨拶をし、みんなの目がそちらを向いた隙に、リーアは俺の膝の上へ、すとんと座った。

そのあまりの自然な態度に、この世界の文化か何かかと思って、俺はあえて突っ込みを避けた。

しかしさすがに、くるりとこっちを振り向いて「お兄ちゃん！」はおかしいだろう。

いくらなんでもこれは、文化では片付けられない。リーアの可憐で少し勝気な美貌と髪から漂う良い香りで、ロリコン属性のない俺でも正直少し萌《も》えてしまったほどだ。

ミルダを見ると、さすがに少し引き気味の様子である。

ルビアは姫君のすることには絶対服従なのか、少しだけその美貌をヒクつかせただけで、クールさを失っていない。右手は、俺を斬ろうと完全に剣へ伸びかけているが。

ただリーアだけは、「何かいけないことをしました？」というようにキョトンと首を傾げていた。

ま、まあ確かに、可憐で少し勝気な美貌を持つ王女様にニッコリ笑って、「お兄ちゃん」と言われれば悪い気はしない。俺の好む、ツンデレの要素は満載である。

リアルプリンセスのツンデレとか、元の世界では決して味わえない。

なぜか胸を張っているミルファールを、俺はもう一度掴んで小声で話しかけた。

「何をしたんだ？」

ミルファールは、少し赤い顔になりモジモジしている。

「また胸に指が当たってます、ハルヒコさん！」

ああ失礼……って、そうじゃないだろ！

俺は、少し指の力を緩めてミルファールの目を覗き込んだ。こいつが原因だとしか思えないぞ、これは。

「あんただろ、リーアに何かしたのは？　正直に白状しろ！」

ミルファールは思い出したかのように、ポンと手を叩いた。

「そうですわね。昨日、ハルヒコさんがモテモテになりたいと仰るから、とりあえずどんな女性が好みなのか調べさせていただいたんです。嫌いな女性に、モテてもお困りでしょうから」

こいつ何を言っている。

まさか、無断で人の頭の中を……。

「ミルダとルビアさんは、ほら、もうハルヒコさんが大好きな胸がありますから。でも、それではリーアさんがかわいそうじゃありませんか？」

うむ……。一応、最後まで聞こうか……。

「だから寝ているリーアさんの耳元で、囁いてあげたのです。勇者様は自分の膝の上に座って『お兄ちゃん！』って言ってもらうのが嬉しいのですよ、と。少し寝ぼけた顔でむにゃむにゃ言いながら、『妖精さん、ありがとう』なんて言ってましたわ、リーアさん」

こいつ……。さも貴方の潜在意識まで調べ上げましたから、間違いございませんよね、っていう顔をしてやがる。誰かこいつに、個人情報保護法を教えてやってほしい。

「どうしたの、お兄ちゃん？」

心臓に悪いからもうやめてくれ。

次にリーアがこの言葉を口に出したら、おそらくルビアに斬り殺される。

俺はリーアの体を抱いて、俺の隣の席に座らせた。抱きかかえた時に、少し赤い顔をしていたが、まあ気のせいだろう。

そして、静かに諭《さと》すように言った。

「あのな王女様。そのお兄ちゃんは、とりあえずやめようか……」

大きな瞳が俺をジッと見つめている。

やばい……。なんでだ？　少し涙ぐんでいるぞ。

「あ、あのハルヒコ様に喜んで貰いたくて。……それに子供らしくしろ、なんて言ってくれた人、初めてなんです。お父様もお母様も王女らしくしなさいとしか……。だから、お兄様が出来たみたいで嬉しくて」

やばい、かなり可愛い。おかしいぞ、俺にはロリコン属性はないはずだ。

まさか俺の潜在意識の中に……。

「そうしたら昨日の夜、妖精さんがハルヒコ様をお兄ちゃんと呼びなさいって。そんな夢を見たものですから」

ミルファールは、俺にVサインを送った。

俺は少しだけ精霊王の気持ちが分かった気がした。

こいつは、天然の小悪魔だ。

「嬉しかったんです……。普通の子供みたいに、お兄ちゃんって呼べる人が出来たのかもしれないって思ったら。でも、ご迷惑だったんですね。そうですよね、本当の妹でもないのに」

月光のように美しい銀髪の少女が、その長い睫《まつげ》を震わせてシュンとしている。

ミルダとルビアの俺を見る目が、あらゆる意味で厳しい。

俺は溜め息を吐いた。

リーアの綺麗な髪をクシャクシャして、おでこを軽く弾く。

「きゃっ！」

大きく可憐な瞳が俺を見ている。

「ああ……。分かったよ。この世界にいる間はリーアのお兄ちゃんな、俺は。ただし、みんながいるところではやめてくれよ。下手したら、また牢屋行きになっちまう。いろんな意味でな」

俺の言葉を聞いて、王女は少しはにかんだ後、すぐに嬉しそうな顔になって俺の首に抱きついた。

「嬉しい！　私のお兄ちゃん!!」

ミルファールが美しい声で言った。

「勇者が新しい称号を手に入れました！　ステータスを読み上げますね」

やっぱり、あの時の天然女の正体はこいつか……。

いや……。おい、やめろ。

嫌な予感しかしないぞ。

春宮俊彦《はるみやとしひこ》
Lv2
職業：異世界から来た勇者
クラス：マスター・オブ・ゲーム
力：200
知恵：1500
素早さ：750
体力：350
器用さ：2200
称号：異世界で最初にセクハラをした男、巨乳好き、リーアのお兄ちゃん（仮）
解放されし力：可愛い妹ならロリでも大丈夫

もし殺気というものに形があるとすれば、まず間違いなく俺の背後に殺気の塊が具現化するのを感じた。

「ハルヒコ……。少し話があるのだけれど、こっちに来てくれるかしら？」

ハーフエルフの美女が、俺に向けて大きな水晶が入った杖を振り上げている。

「奇遇《きぐう》だなミルダ、私もだ……」

ブロンドの女騎士は、表情のない笑顔で俺に剣を突きつけていた。


「おお、我は偉大なる精霊の王の娘。かつて森の精霊エルフの麗《うるわ》しき女王と呼ばれしミルファールなり。我が聖なる力によりて、哀れなこの者を救いたまえ。ヒール!!」

俺の体を光が包み込んだ。

どうやら力を封じられていても、この程度の魔法なら使えるようだ。

そもそも麗しき女王云々とかいうくだりが必要なのか分からない。天然プチデビルであるミルファールの気分の問題で言っているとしか思えないが、とりあえず二人の女に殺されかけた俺のＨＰはある程度回復した。

まったくの濡《ぬ》れ衣《ぎぬ》だ。俺は変態ロリコン野郎ではない。……はずである。

「いきなり何をするのです、二人とも。貴方達がハルヒコさんをお兄ちゃんと呼べない歳だからといって、嫉妬《しっと》は見苦しいですよ!!」

ああ……。今分かった、こいつは俺を確実に殺すつもりだ……。

俺は殺される前に、ミルファールをギュッと右手で掴んだ。

「きゃうっ‼　何をなさるのです。当たってます！　また指先が！　あんっ‼」

おっと……。これは失礼……。

いや、だからそうではない。

俺は天然系小悪魔の口を右手の人差し指で塞いだ。これでは一向に話が進まないからな。その上、下手をしたら命さえ危《あや》うい。ミルダのジットリとした眼差《まなざ》し。右手には先ほど俺に弱めのサンダー（そう信じているが）を放った杖が握られている。

「ハルヒコ、はっきり言っておきますけれど、王女に……。いいえ、リーアに何か不埒《ふらち》な真似を働いたら、許しませんからね」

ルビアは、女の殺し屋がいたらこんな目をするだろう、という凄味のある目つきで俺を睨んでいる。

「その時は、私が斬る」

リーアは、俺の少しだけ焼け焦《こ》げたYシャツで自分の頬をこすっていた。

「お兄ちゃん、かわいそう」

ああ……。我ながらそう思うよ。

「そろそろ本題に入ろうか」

俺は、軽く咳払《せきばら》いをして話を切り出した。

どうやら、きっちり仕事をしなければ、元の世界に戻るどころか、長生きすら出来そうもないかららな。

俺は執務室のテーブルの上に地図を開いた。地下の図書館から持ち出したものだ。

俺はその地図に描かれた大陸のやや東に位置するこのアルドリアを指差すと、軍務の会議用に使う駒を城の絵の周りに配置する。ミルダから予《あらかじ》め借りていた駒だ。続いてシミュレーションゲームのように、俺は違う色の駒をその外側に放射状に配置する。

「まあ、見れば分かるとおり今この城は囲まれている。そして……」

地図上のアルドリアとドラグリアの国境付近に、俺は先ほどより数の多い駒を並べた。

「これがミルダが言っていた、ドラグリアの増援部隊だ」

俺の言葉に、ミルダは軽く頷く。

「まあ、あんた達も分かっているんだろうが、この状態で取れる選択肢は三つだな。戦うか、逃げるか。それとも姫様を渡すかだ」

ルビアは、俺を遮《さえぎ》るように口を挟む。

「二つだけだ。姫様をドルメールに引き渡すという選択肢はない!!」

俺は肩をすくめる。

「そう、一つ目の選択肢はリーアをドルメールに嫁《とつ》がせることだな。とりあえずこれで、暫らくは皆生き延《の》びられる」

リーアが目を伏せ、ルビアが俺に怒りの目を向ける。

ミルダは黙ってルビアをその瞳で制した。

俺は淡々《たんたん》と続ける。

「それじゃあ、逃げるっていうのはどうだ？」

俺は二つ目の提案をし、地図の左端にある国を指差した。横に細長いアルドリアの左端に接している国である。大国とまではいかないが、アルドリアの二倍の国土と人口を持つ国だ。

「王妃の実家のバルム公国、ここまで逃げれば何とかなるって言っていたよな」

ミルダが首を横に振った。

「無理よ、逃げるなら直ぐ決断するしかなかった。バルムとアルドリアを結ぶ通路はもうグフールが押さえているはずだから。バルムへの早馬は出したけれど無事に辿《たど》り着けるかどうか……。助けが来るとしても、一ヵ月以上はかかるわ」

ミルダは、手にした杖の先の白く濁った水晶を見つめた。

「あの時、ハルミートの杖も使ってしまったし、もうリーアを何処にも逃がしてあげることが出来ない……」

そう言って、ミルダはリーアを抱き締めた。

「お姉さま……」

リーアの美しい睫《まつげ》が震えている。

ルビアが俺の前に立ち睨む。

「逃げることも、むろん姫様を奴らに渡すこともありえない。もういい!! お前などに頼らずとも、私がアルドリア聖騎士団を率いて、あのような者共など打ち破って見せる」

俺は静かにルビアの瞳を見た。精霊王とミルファールの賭けの条件を満たして、俺が元の世界に戻るためには、ただ勝つだけでは駄目だ。

「何のために?」

その言葉にブロンドの女騎士は、我慢の限界が来たように怒鳴った。

「ふざけるな!! リーア様のため、国王陛下のため、そしてこのアルドリアを野蛮《やばん》な者から守るために決まっている!!」

俺は黙ってドラグリアとアルドリア両軍の駒が置かれた、その地図の隙間の部分を指差した。

「この国を守る? もしこの駒の間に何も見えないのだとしたら、あんたの目は節穴《ふしあな》だな。そんな人間に国を守れる訳がない」

ルビアは、美しい眉を吊り上げて俺に剣を向ける。

「何を言っている!! いざ戦いになると知って、臆病風《おくびょうかぜ》に吹かれたなら、そういえばよい!!!」

その時、水晶の鈴を鳴らしたような凛とした声が響いた。

「おやめなさい、ルビア」

月光より美しい髪をした少女、リーアだ。

いや、その気高《けだか》い瞳は少女のものではなかった。

まだ十二歳の女は、俺の前に進み出る。

「プリンセス、お前には分かっているようだな」

目の前に立つ、小さくか細い体の持ち主は、俺の目を真っ直ぐに見つめた。

リーアの手は、俺が指差した地図の場所にそっと添えられている。

「……そこにあるもの。……それがわたくしが思っているものだとしたら、貴方は絶対に逃げたりしない。ハルヒコさま、そう信じていいのですね？」

この少女は賢い……。想像以上に。

俺は静かに頷いた。

そして、この気高い王女の前に膝を突いてその手の甲《こう》に口付けをする。

それからあらためて俺達が成すべきことの話を始めた。

第七話　王女の決意

私はリーア・リグナ・アルドリア。この国の王女だ。

私は自分の部屋の大きな鏡の前に座り、桜色の貝殻に入った口紅《くちべに》を引いた。赤い紅はまだ私には似合わない。だから薄い桃色の紅を塗る。

鏡に映る白いドレスが、私の鎧だ。

戦うために私が着ることの出来る、たった一つの鎧。

私の後ろで、お姉様が少し悲しそうに笑った。

ドラグリア軍が城を取り囲んだあの日、私達は死ぬ覚悟をした。

お父様の前に立つ異国の将軍、グフール伯爵はとても恐ろしく、私を怯えさせた。

ドラグリアに滅ぼされた国の話を思い出す。国王の首は晒しものになり、王妃や王女はドルメールの慰《なぐさ》み者として恥辱《ちじょく》を味わう。

息が苦しくて叫び出したくなった。

王女なんてやめたかった。好きで王女になんかになったんじゃない!!

お父様も、お母様も、お姉様でさえ、私に王女らしく振舞わねばと言った。

それでも私は笑って耐え忍んでいた。いつも、どんな時でもにこやかに。

本当は叫びたかった。

もう嫌だと‼

怖くてしかたないと‼

そしたらお姉様が言った。私達を守ってくれる勇者が現れると。

どんな人でもよかった。こんなに恐ろしい状況から救い出してもらえるなら。

助けてほしかった。

虹色に輝くゲートを通って現れたその人は、とても勇者には見えなかった。逞《たくま》しい体も、黄金の剣も鎧も、何一つ持っていない。なのに私は、その人から目が離せなかった。

執事のように黒い服、すらりとした長身。少し冷めた瞳で、辺りを見渡している。

本当に異世界から来たのだろうか？

私がもし、突然違う世界に連れて来られたら、こんなに落ち着いてはいられないだろう。

とても不思議な人……。

私は勇気を出して、その人に話しかけた。

「よ、よく来てくれました！　異世界の勇者よ‼」

王女として、この国を守ってくれるようにお願いしなければいけない。

でも本当に言いたかったことは違った。心の中では、こう叫んでいた。

（助けて‼　私、死にたくない‼　お願い助けて‼）

みっともなく大声で、私の中で声が響くくらいに。

その人は私に穏やかな視線を注いだ。まるで普通の子供をあやす時のように。

頬が赤く染まるのを感じた。一瞬見せたその瞳が、とても優しかったからかもしれない。

でもその人は、王女の私の手をとってその甲に口付けはせずに、あろうことかルビアを抱いてキスをした！

怒ってなんかはいないわ……。

ううん、嘘！　本当は凄く腹が立ったの！

馬鹿にして、って思った‼

だからルビアが、あの人と決闘するって言った時も止めなかった。

だけど、あの人は凄く強かった。あのルビアを相手に、武器も持たずに挑むなんて。

勝負の結果、ルビアの剣が、ついにあの人の肩を貫いた。

いったい何が起こったのか分からないくらいの凄い戦いだった。

気づけばルビアも床に倒れている。

あの人の肩からはドクドクと血が流れていて、私は真っ青になった。死んでしまうんじゃないかと思って、私は闇雲《やみくも》に叫んだ。

背後でずっと様子を窺っていたミルダお姉様が、前に進み出る。たぶんお姉様はずっと、この人が本当に私達を救ってくれる人なのか見極めようとしていたのだと思う。お姉様は大人だ。赤い紅も似合って、この人からもキスをしてもらえる大人だ。

まだ薄桃色の口紅しか似合わない私は、きっと振り向いてももらえない。

それでも、涙が出た。

「お姉様死んじゃう!! 勇者様が死んじゃう!! 何とかして!!」

みっともなく子供のように叫ぶ私を見て、お姉様は少し驚いた顔をしたけれど、直ぐに人を呼び、あの人を運んで治療をしてくれた。異世界の人間なので、その肉体をよく知るためにと肌を触れ合わせて治癒魔法をかけた。

お姉様は綺麗で……。とても胸が大きい。

私は溜め息を吐いた。私には何も出来ない。魔法も使えない。……赤い紅だって似合わない。

それに、まるで男の子みたいなこの胸。私はまた不機嫌になった。あの人が起きて、お姉様と親しげに話をしていたからだ。

私は、あの人を睨んで言った。

「ふ、ふしだらです‼　ルビアにキスをしたり、ミルダお姉様の体に触ったり！！！」

お姉様は、少し驚いた表情を浮かべて私を見ている。普段なら、お姉様がいくらからかってもこんなに声を荒《あら》らげたりしない。だって、王女に相応しくないから。

私はあの人に、自分達が今どれだけ追い詰められているのか説明した。

最初の失敗を、取り返さなくてはいけない。感情にまかせてドラグリアの皇帝ドルメールを突き飛ばし、この国を滅亡の危機に陥れてしまったのは私だ。王女として、あの人に、このアルドリアを救ってもらわなければと思った。

全ての話を聞いて、あの人は言った。

勝手な話だと……。

本当にそのとおりだ。勝手にこんな世界に連れて来られて、命を懸けて戦ってくれる人なんているはずがない。私は本当に何も出来ない王女だ。

ルビアのように戦えないし、ミルダお姉様みたいに魔法も使えない。おまけに、この人に守られるだけの女としての魅力もない……。

悲しくて涙が出た。

——なのに、どうして……？　誰かの手が私の顔に触れる。私は顔を上げた。

私の髪を、あの人がクシャクシャと撫でている。涙に滲んだ私の瞳に、あの人の笑顔が映る。

とても優しい笑顔……。

「ったく……。ガキは、ガキらしくしてりゃあいいんだよ」

そう言って、私の額を指で弾いた。

死ぬかもしれない、こんな自分とは関係のない世界で。でも、あの人は微笑んだ。なんの怯えもなく、本当に自然に。そして私に、子供は子供らしくしていいんだ、と言ってくれた。

私はもう一度大きな鏡を見つめる。今までは二人の私がいた。

必死に背伸びをして大人の王女として振舞う自分。

そして、本来の幼い子供のように泣き虫な自分。

どちらも嫌いだった。

右手でプラチナブロンドの髪を整える。私は十二歳の子供に過ぎない。魔法も剣も使えない。でも、今は私はそれを受け入れられた。背伸びをする必要はない、私は私だ。

リーア・リグナ・アルドリア、まだ十二歳のこの国の王女だ。

真っ直ぐに鏡の中の自分を見る。手の甲を眺めると頬が熱くなる。

あの人は、こんな子供の私でも出来ることがあると言った。私を王女として認めて、ここに口付けをしてくれた。

私が振り返ると、そこにはドラグリアの将軍グフールが立っている。私はもう怯えず、その目をしっかりと見て言った。

「行きましょう、グフール殿。アルドリア王国の第一王女として、ドラグリアに参ります」

第八話　騎士の笑顔

「ハルヒコ、貴方を信じていいのね？」

アルドリアの第一王女リーアが、ドラグリアの使節と共に城下を出発する半日ほど前、ミルダは美しい爪を噛みながら鋭い目で俺に問いかけた。

城内の謁見の間には国王と国妃、そして俺とルビアとミルダが集まっている。

アルドリア国王のジームンドも玉座から身を乗り出して俺に尋ねた。

「勇者殿、私にはにわかに信じられぬ。五万の兵を同時に倒すことなど本当に可能なのか？」

俺はゆっくりと答えた。

「むしろ勝つためには、それしか方法がない。もし今この状況で、城下を囲むように駐留しているドラグリア軍に手を出したら、どうなるか分かるか？」

俺は、玉座の前に用意した机の上に地図を広げて地下室で考えた戦略を説明する。

「今、この城の前にいるドラグリア軍は実は囮だ。こいつらに手を出したとしても、時間を稼ぎながら撤退していくだろう。一見、アルドリア軍に歯が立たない振りをしてな」

俺は地図上のドラグリア軍の駒を、蜘蛛の子を散らしたようにバラバラにした。そこへ、魚鱗《ぎょりん》の陣形で固まって進むアルドリア軍を前に押し上げる。その進攻を阻むために、国境にいるドラグリアの増援が前からやって来る。

それが魚の群《む》れの前方を塞ぎ壁を作ったところで、バラバラになったグフールの軍が後ろから迫る。逃げ道をなくすように、アルドリア軍は挟み撃ちにされるという寸法だ。

数が同数なら、いずれかの壁を破れるかもしれない。

だが、二万対五万である。

二倍以上の敵に四方八方を固められ、一斉に攻撃を受ければ生き残るすべはない。ほどなく全滅するだろう。

ジームンドは唸った。

「つまり敵の本体は増援軍だということか。グフールの部隊の兵を二万に抑え、我らに法外な要求を突きつけたのは、怒りにまかせてこの城から討って出るのを待っているわけだな」

俺は頷いた。

最初から五万の兵で攻めて来ないのは、篭城をされて王妃の実家であるバルムからの救援が来るのを恐れたのだろう。俺でもこの状況なら、いかに城の中のアルドリア軍を外におびき出して殲滅《せんめつ》するかを考えるからな。

「ああ、そしてもしドルメール王が俺の聞いたとおりの男なら、始めにアルドリア軍の足を止めて、その後怒り狂ったように突進させるために、確実な方法をグフールに命じているはずだ」

俺は背広のポケットからライターを取り出すと、オイルを地図の上に垂《た》らしてそこに火をつけた。

その意図を理解して、ルビアが叫んだ。

「馬鹿な!! 城下の人間は軍人ではない!! そんな非道が許されるものか!!!」

俺はルビアを見つめて笑った。決して侮蔑ではない、むしろ敬意を込めて。

「あんたならそんな卑劣な手段は取らないだろうな。俺はあんたのそういうところは嫌いじゃない」

ミルダの目が、暗い光を帯びた。

「ドルメールならやるでしょうね。町を火の海にし矢を放つ……。ルビア、貴方そんな地獄の中で、人々を見捨ててすぐにグフールを追えて?」

ルビアの瞳が大きく開いて、唇はワナワナと震えている。

おそらくこの女なら、業火《ごうか》の中でも必死に人々を救うだろう。そしてその後、怒りに震えてどこまでもグフールを追撃する。そもそも、それが敵の狙いなのだ。

「ケダモノめ！！！」

赤い薔薇《ばら》の花びらのような唇を噛み締めながらルビアは言った。

「私は愚かだ……。私の愚かさが、多くの民を殺してしまうところだった……教えてくれ、私はどうすればいい！　この命など惜しくはない！　頼む、教えてくれ!!」

真っ直ぐな女だな、まったく。

ドルメールに対する怒りのあまり、少しその瞳に浮かんだ涙を、俺は右手の指先で拭いた。

「なっ!!　何をする!!」

まあ目の前でいい女が泣いていたら、それくらいしてやるのが紳士の嗜《たしな》みだと思うんだが。

もっとも相手は王国の公爵家の血筋で騎士団長だ。普通の女ではない。下手をするとまた、ミルファールにヒールをかけてもらうはめになる。

(そういえばあの天然プチデビル、俺の体の中から出て来ないな)

どうやら、元恋人のジームンドの前に幼女の姿で出て行くのが恥ずかしいようだ。

(こと恋愛に関しては、俺の世界もこの世界も何も変わらないのかもしれないな)

まあ何にしろ、いない方が話がはかどる。

「あんたは作戦の鍵を握っている一人だ。そんなに簡単に命を捨ててもらっては困る。それに、あんたみたいないい女が死んだら、俺のやる気にかかわる」

少し空気を変えるためにも、俺はそう言った。

ルビアは「ふざけるな！　私は女ではない騎士だ!!」と声を荒らげるだろうが、その方が調子が出るからな。

（ん？）

ブロンドの騎士は、俺をジッと見つめている。ところが予想に反して、プイッと窓の方へ体を翻《ひるがえ》してしまう。

なんだ……思った以上に怒らせたか？

首を捻る俺を、ミルダが睨んでいる。

「ハルヒコ……。貴方、自分の世界にいた時に鈍感《どんかん》だって言われたことない？」

失礼な。俺は空気が読める男の……はずだ。

まあ、それは今はいいだろう。それほど残された時間もないからな。

俺は再び国王に視線を移して言った。

「つまり、今一番やらなくてはいけないことは一つだ。蛇のように残忍で狡猾なドルメールの手下を、この城下町から引き離す」

ジームンドは頷いた。

隣に座るヒルデは、美しい瞳で俺を見上げる。

「ですが、リーアは無事で済むのでしょうか？　王妃として国母《こくぼ》として恥ずべきことだとは思うのですが、わたくしはリーアに何かあれば生きてはいけません」

ミルダも俺に念を押す。

「……ハルヒコ、貴方はリーアに、いいえ、王女に子供は子供らしくと言ったわ。なら今回の作戦は、貴方があの子を守りきれると確信しているからと信じてよいのね？」

俺は、王妃とミルダに対して首を縦に振った。

「ああ、必ずな。ミルダとルビアは、これから俺が言うようにそれぞれ別働隊を指揮してくれ」

俺はゲームに負けたことがない。

だが、これはただのゲームじゃない。

一歩間違えば、ここにいる全員が死ぬことになるだろう。

ルビアが少し赤い顔で咳払いをして、こちらを振り向く。

「言ってくれ。私はアルドリア聖騎士団長として、死力を尽くそう」

ミルダも頷いた。

「貴方を信じるわ、ハルヒコ。貴方に命を預けます」

俺はミルダとルビア、そして国王ジームンドにこれから俺達がやるべきことを伝えた後、少し風に当たりたくて城壁の上に出た。

今頃は、リーアがドラグリアに発つための準備をしているはずだ。俺が一緒について行くとはいえ、十二歳の少女には辛い決断に違いない。

風が俺の頬を撫でる。

「……ハルヒコ殿」

その時、背後から声が聞こえた。

おそらく物心がついて以来、剣の鍛錬《たんれん》を積んできたのだろう。隙がなく、そして凛とした美しい声だ。

「殿はやめてくれ、ハルヒコで頼むよ」

ルビアは俺の横に立って、小さく頷いた。

「ハルヒコ、お前は怖くはないのか？　こんなお前とはなんのかかわりもない世界で、この国のために死ぬかもしれない。お前は、恐ろしくないのか？」

俺はルビアを見つめた。朝の太陽の光にブロンドの髪が煌《きらめ》いて、これ以上になく美しく靡いている。

「それが不思議とな」

俺はもう一度、城下の町を眺めた。

くよくよ考えたところで、選択肢がなければ戦うしかない。もし人間がそれに順応できない生き物なら、戦争など起こりはしないだろう。無論、無駄な血が流れなければそれに越したことはない。

そしてそのために戦いが必要なら、戦わないのはただの臆病者だ。

俺はふと親父のことを思い出していた。まだ俺がガキの頃、親父がそんな話をしていた気がする。

そしてその次の日、親父は俺とお袋の前から姿を消した。

(あんな奴のことは、とっくに忘れたと思ったんだがな)

親父が今、生きているのか死んでいるのかも俺には分からないが、いなくなった親父のことをお袋は一度も責めなかった。

「ミルダが言っていた。お前の世界では、子供は子供らしく笑っているのだろうと。この世界とて、それに変わりはない」

俺はルビアを見て、軽く頷きながら肩をすくめた。

ルビアは腰の剣を抜いて、そこに刻まれた紋章《もんしょう》に見入った。おそらく、ルビアの家のものだろう。

「私は騎士を束ねる公爵家に生まれた。父上は、男として生まれなかった私を疎《うと》まれた」

女は少し強まった風に目を細める。

「私は、父上に認めてほしくて三歳の頃には剣を取り、十歳の時に初めて敵の兵士を倒した。まるで男のように剣しか知らぬ私を、父上は結局一度も褒めてはくださらなかった。私が努力をすればするほど、男が生まれぬのは呪わしい娘がいるからだと、私を恨んでおられるのだとずっと思っていた」

城壁に当たった風が、舞うように流れている。

「父上が流行《はや》り病《やまい》で亡くなられた時、私は初めて知った。父上が毎日お書きになられていた日記を読み、初めて……」

目の前の女の美しい髪が、風にそよいだ。

「それは私への詫《わ》びだけが綴《つづ》られている日記だった」

俺はルビアを見た。

「家のために、幼い頃から剣を教え、騎士として育てるしかなかった娘への悔恨《かいこん》の思いだけがびっしりと書きこまれていた。私を疎むような態度をとられたのは、私が憎いせいではなかった。私に女の幸せも知らぬ人生しか歩ませられなかったことが、私を見るたびに深く心に刺さったのだと、そう書いてあった」

ルビアは美しく剣を振って、それを胸の前にかざした。

「私は不幸ではなかったのに。誇りに思っていたのだ。父上の跡を継ぎ、この国を守る聖騎士となることを」

女の横顔は、誇り高くそして美しかった。

「ハルヒコ、力を貸してくれ。あの時、お前が私に見えていないと言ったもの。そのために私は命を懸けて戦おう。父上が守ってきたこの国で、友や家族と共に泣いて、笑って、そうやって生ている人々を、私は決して殺させはしない」

俺は城下町を見ながら言った。

「クソ真面目で、馬鹿な女だ、あんたは……」

しなやかで美しい体が、こちらを真っ直ぐに向いて立っていた。少しおさまった柔らかい風が、その頬を撫でていく。

俺も女を見つめた。

本当に馬鹿な女だ。

女を捨てて、滅びかけの国に忠義を尽くして、こんな時が来ても自分を変えられない。

「馬鹿はお前だ。知らぬ世界のために、命を懸けようとするなど」

女は微笑んでいた。とても美しい笑顔で。

そして何かを少しためらった後、俺に向かって体を寄せた。

俺の胸に白く美しい甲冑が押し当てられて、唇にあの時の感触が蘇《よみがえ》った。何とも言えない良い香りの吐息が、俺の口腔を満たす。

ブロンドの騎士は直ぐに体を離すと、くるりと踵を返して言った。

「……あの時のお返しだ。また会おう、異世界から来た勇者よ！」

第九話　アルドリア出発

羽音こそ聞こえないが、まるでブンブンと音を立てているかのように、せわしなく俺の周りを飛び回る奴がいる。

言わずと知れたあの天然プチデビル、ミルファールである。

「……あの時のお返しだ。また会おう、異世界から来た勇者よ！」

あたかも某《ぼう》歌劇団の男役のように、俺の周りでポーズを決める。

こいつ……。

軍議や作戦についてはまったく興味がないようだが、こういうことになると顔を出しやがるな。

胸に手を当てて、ほぅっと溜め息を吐きながらうっとりと俺に流し目を送る。

まあ、ほとんどまな板のような胸なんだがな。

「幼い頃から剣士として生きてきた汚れなき戦乙女《いくさおとめ》が、十二歳の少女にお兄ちゃんと呼ばせるちょっとだらしない異世界の勇者に別れの口付けを！　それは、また再び会おうという切ない戦乙女の願い」

オペラ歌手顔負けの歌声で、俺の周りを旋回《せんかい》しながら歌っている。

だがちょっと待て。

百歩譲って、ちょっとだらしない、はいいだろう。

しかし、その前の十二歳の少女にお兄ちゃんと呼ばせる……。このくだりはいらんだろ。字余《じあま》りだ！　いや、そうじゃない！

リーアが俺をあんな風に呼んだのは、そもそもこいつのせいだろうが！

「へんな勘《かん》ぐりはよせよ。俺に姫様を守って、必ず帰って来いっていう意味だろうが。報酬前払いのな」

ミルファールは背中に両手を回して、黄金の羽をパタパタさせながら俺の顔を覗き込む。

「そうでしょうか～」

俺は、少し残念そうな恋愛耳年増《みみどしま》の頭をツンと突ついた。

「それよりお前の方こそよかったのか。ジームンド王と会わずに俺と一緒に行っても」

俺の言葉にミルファールは、少しだけ俯いて静かに言った。

「変わってませんでしたから、何も。ハーフエルフとして人間にも精霊にも忌み嫌われるあの子を見る目は、とても優しくて……本当に懐《なつ》かしくて……」

俺に背を向けるミルファールの体は、少しだけ震えていた。

ジームンド王に会わなかったのは、こいつなりに王妃に気を遣ったのだろう。

「本当は会いたかったんだろう？　ったく……、俺の周りは意地っ張りで馬鹿な女ばっかりだな」

俺はミルファールの髪をクシャクシャと撫でると、ポケットからハンカチを取り出してミルファールの前に差し出した。

ミルファールは、涙に潤《うる》んだ瞳でこっちをジッと見つめている。

「……ハルヒコさん、私のこと口説《くど》いてます？」

こいつだけは……。

俺はサッとハンカチをポケットにしまった。

「ああん、冗談ですぅ。ハンカチ出してください。ちょっと鼻もかみたい気もしますし」

俺の目の前で、チィ～ンと可愛い音を立てて鼻をかんでいる幼女を見つつ、俺は心から思った。

目の前のこの女と付き合って子供まで作った男は、確かに勇者以外の何者でもないだろうと。

（ジームンド王……。俺はアンタを尊敬するぜ、ある意味な）

俺はリーアの部屋に向かっていた。もうそろそろ準備は出来ているはずだ。

侍女達の姿も見え始めたので、ミルファールはどうやら姿を隠したらしい。

リーアの部屋の前には、見慣れない黒い甲冑を着た男達が立っている。おそらく、あれがドラグリアの兵士達だろう。

リーア王女のドラグリアへの輿入《こしい》れの通達を受けて、やって来た迎えの騎士どもだ。

双頭《そうとう》の大蛇が絡み合い、こちらを睨んでいる。ドラグリア王家の紋章である。これは、ドルメール王の代になって新しく作られたもので、その恐怖の象徴ともなっていた。

そして漆黒《しっこく》の甲冑を身に纏《まと》った黒騎士は、その恐怖の手先として隣接《りんせつ》する小国を震え上がらせている。

（ミルファール、あいつらのステータスは分かるか？）

俺は、頭の中で天然プチデビルに話しかけた。

おそらく今城の中に入って来ているのは、使節団をしきるグフール将軍の側近の中でも生《は》え抜きの連中だろう。それならば、その力を把握しておいて損はない。

暫らくの沈黙の後、ミルファールは答えた。

（ここにいる十二人のうち、十人は大したことがありません。ですが、奥にいる二人には注意して

ください）

ミルファールが言うには、目の前にいる十人ほどの黒騎士はそこそこ強いが、特別抜きん出た存在ではないらしい。

具体的にはステータスの数値が平均して１００～１３０程度。アルドリアの聖騎士と肩を並べる猛者《もさ》揃いだが、俺にとって危険な存在とは言えなかった。

問題があるとしたら、ルビアクラスの相手がいた場合だ。作戦の障害となる人物の力を前もって把握しておくのは、戦略の基礎中の基礎である。

「なんだ貴様は‼」

数人の黒騎士が、俺を見とがめて声を荒らげた。

騒ぎに気がついたのか、部屋の奥から凛とした鈴のような声が俺を呼ぶ。

「ハルヒコですか？　構いません、入りなさい」

気高く誇り高い声に、黒い甲冑を着た男達も一瞬ひるんだ。まさしくこの声こそ、王族の血の証だろう。

（これは……）

俺はその声に導かれるまま、王女の部屋に入っていく。

俺は少女の姿に目を見張った。

女は怖い。たった一晩の間に、まるで別人みたいに成長する。男には出来ない芸当だ。王女という身位《しんい》が、これほど相応しい者もそうはいないだろう。

月光のように美しい銀の髪と、可憐な美貌。穏やかでいながらも、その内側には燃えんばかりの意志の強さを秘めている。

純白のドレスが清純なオーラを漂わせ、その額に飾られたティアラは人目を引くほど映えている。しかしそれは、持ち主の瞳の輝きには遠く及ばない。

俺は王女の前で膝を突くと、差し出された右手の甲にキスをした。

「遅れまして申し訳ございません。マイ・プリンセス」

リーア王女は軽く頷き、すぐ側に立つ豪奢《ごうしゃ》な黒い鎧を着た男に言った。

「グフール殿。この者はハルヒコ。わたくしの執事であり、従者でもあります。ドラグリアへの同行を許可いただきたく思います」

どうやらこの男がグフールのようだ。傲慢な顔で俺を一瞥《いちべつ》して、王女に恭《うやうや》しく頭を下げる。

「かまいませんぞ。聖騎士団長ルビアや赤い髪の魔女ミルダが同行するなどという話なら、無論断らせていただきますがね」

魔女という言葉に、リーアの近くにいたミルダの目が険しくなった。明るく振舞っているが、ミルダは幼い頃から魔女として迫害を受けてきた過去がある。グフールの無礼な発言は、その傷にいわば塩を塗るようなものだ。

ルビアも俺と別れた後、直ぐにここに来たのだろう。ミルダと共にリーアの側に控えている。

さらにジームンド王や王妃も一緒である。

ジームンド王が口を開く。

「ハルヒコよ、リーアを頼むぞ」

多くを語らないが威厳のある男だ。国民からの支持が高いのも頷ける。

俺の中のミルファールが少ししゃくり上げるのが聞こえた。だが知らんぷりを決め込むのが男としての礼儀だろう。

ヒルデは黙ったまま、俺の手を握り締めて涙ぐんでいる。

俺は気づかれぬようにグフールともう一人の黒い甲冑の騎士を観察した。ミルファールが俺の中で二人のステータスを読み上げる。

グフール・ファンデルセン
職業：ドラグリア帝国将軍
Lv 27
クラス：ブラックナイト

力：350
知恵：220
素早さ：350
体力：550
器用さ：370
称号：ジェネラル
解放されし力：グランドクラッシャー

……力と体力は俺より上か。正面からやり合えば、厄介な相手になるだろう。グランドクラッシャーというのは、奴の必殺の剣技の名前か、固有スキルのようなものか。
だが本当に厄介なのは、もう一人の黒い剣士だった。

ヨアン・アルリード
職業：ドラグリア軍上級騎士
Lv 24
クラス：シャドウ

力：150
知恵：570
素早さ：760
体力：250
器用さ：1570
称号：暗殺者
解放されし力：漆黒の太刀

腰に提《さ》げた剣は、まるで日本刀を収めるような鞘《さや》に収められている。

俺より勝《まさ》る点は素早さしかないが、この武器を使うのならば速さに特化した人間ほど適任者はいないだろう。敵の攻撃をかわして、その鋭い刃で腕や足を切り落とし心臓を貫けばいい。

力とタフネスを売りにするグフールと対峙した時に、一瞬の隙をついてヨアンが相手の首を刎《は》ねる。同時に相手をするのに、これほど厄介な組み合わせはない。

黒いフードに隠れてその表情は窺い知れないが、この男がグフールの配下の中でも特別な存在なのはその異様ないでたちから分かる。ほかの黒騎士達の鎧が統一されているにもかかわらず、この男だけは独自の装備を身に纏っていたからだ。武器はもちろんだが、黒く薄い皮のような防具と黒マント、そして黒いフード。

こんな軽装備でもし敵の剣撃をまともにくらえばただではすまない。つまりこいつはどんな攻撃もかわす自信があるのだろう。スピード重視の装備というわけだ。

フードから覗く瞳が、静かに俺達を品定《しなさだ》めしている。

「臆病者どもめ、王女を売り渡してまで生き延びたいのか?」

(こいつ、女か!?)

氷のように冷たく美しい声。

俺はこの黒ずくめの剣士が、女であることに気がついた。

ヨアンという黒フードは、蔑《さげす》むようにアルドリアの人間達を一瞥し吐き捨てた。

「そう言うな、ヨアン。それとも昔を思い出して、王女が哀れにでもなったか?」

からかうように笑みを浮かべるグフールの首筋に、黒い短刀が突きつけられる。

いつの間にか黒フードは、グフールの後ろに回っていた。

(速い……スピードだけならルビア以上か)

黒フードは抑揚《よくよう》のない声で言った。

「もう一度言ってみろ。死にたいのならばな」

グフールの頬に汗が流れる。そして笑いながら黒フードに言った。

「ただの冗談だろうが。物騒なものをしまえ、ヨアン。俺に剣を向けるのは、ドラグリアに反旗を翻すのと同じだということを忘れるなよ。もしお前が逆《さか》らえば、どうなるか分かっているだろう？」

グフールを睨むと、黒フードの女はゆっくりと短剣を収める。

（どうやら何か因縁があるらしいな。面倒な事態にならなければいいんだが……）

ゲームに勝つには、不確定な要素は少ない方がいい。

赤い髪の美しい女が、グフールの前に進み出る。ミルダだ。

「いい加減にしてくれないかしら？　揉《も》め事なら、そちらで解決してほしいものね。グフール将軍、王女と共にドラグリアに向かう兵士は三百名、準備はさせたわ。不審な点があるか調べたいのでしたらどうぞ」

王宮の外に出ると、正面の城門前の広場にアルドリアの騎兵が待機していた。

その中央には騎兵に守られるように王女が乗る白い馬車がある。加えて、侍女数名が乗るための馬車がもう一台。一国の王女が嫁《とつ》ぐには、少なすぎる従者の数だ。

だがこれ以上は、ドラグリアが許さないだろう。

ドラグリア兵が、アルドリアの騎兵や侍女達の持ち物を調べている。毒物や不審な物を所持していないか確かめているのだ。

（用心深い男だな……）

グフールは、王女を見て笑う。

「それにしても、騎兵全てに槍ではなくアルドリアの国旗を持たせるとは壮観ですな。貴女のお考えですかな、リーア王女」

同行する騎兵達が手に持つアルドリアの国旗が、風に靡いている。

王女は美しい微笑みを湛《たた》えて頷いた。

「槍など必要がありません。私はドラグリアに嫁ぐために参るのです、そうではありませんか？」

グフールは首を縦に振った。

「よい心がけですな、リーア王女。それではご同行願いますぞ」

宮殿の前に馬車が寄せられ、リーアと俺はそれに乗り込んだ。

続いてアルドリアの一団を取り囲むように、ドラグリア軍一万五千が隊列を組む。残りの五千は、アルドリア城下を引き続き包囲している。

兵を引くに当たって、城と城下を繋ぐ二つの通路である東門と西門を封鎖《ふうさ》する。

（当然そうするだろうな）

いくら王女が人質となっているとはいえ、背後を無防備に晒すほど愚かな相手ではない。もし城内のアルドリア軍が不穏な動きをすれば、直《ただ》ちに城下町に火を放ち、一万五千の本隊に合流するつもりなのだ。そうなれば、俺もリーアもただではすまない。

国境であるアルース関所までは、俺達が乗る馬車では五日程度だが、騎兵なら三日もかからない。直ぐに追いつかれる。

考えを巡らせているうちに馬車が走り出した。

城下を抜け暫く走ったところで、リーアがふぅと大きく息を吐いて、じっと俺を見つめた。

んむ……。何度も言うが、俺はロリコンではない。……ではないのだが。

「お兄ちゃん、私上手く出来たでしょうか？」

高貴で清楚な美貌を上気させて、リーアが俺の手を握る。よほど疲れたのだろう。俺の手を握る小さな手のひらにうっすらと汗をかいている。

「上出来だ、リーア。立派な王女に見えたぞ。お陰で必要な物は持ち込むことが出来た」

その言葉にリーアが少しむくれる。

「それじゃあ、いつもの私が駄目な王女みたいじゃないですか」

リーアは、なぜか手の甲に目をやりながら続けた。

「……お兄ちゃんが勇気をくれましたから。だから私」

その時、俺の体から天然プチデビル……。いやいや、麗しのミルファール様が飛び出して来た。

リーアはミルファールを見て、ほわっとした笑顔になる。

「妖精さん!!」

どうやらミルファールは、リーアにとっては癒しの存在のようだ。ミルファールはリーアの手の甲の上にふわりと座り、リーアに言った。

「堂々としてましたわリーアさん。おかげで上手くいきましたわね。次はミルダとルビアさんの番ですわよ」

ミルファールは、俺に視線を移す。

俺は頭を掻いた。

「まあミルダの心配はしてないんだが、ルビアは怒るだろうな。丁度ミルダから話を聞かされてる頃だ」

リーアはくすくすと笑う。

「言ってなかったんですか、ルビアに？　リーアは知りませんから。お兄ちゃんがまた、ルビアにぶたれても」

馬車はアルドリアの城下を抜けて走っていく。

今頃ルビアは、美しい眉間にしわを寄せて俺に激怒しているだろう。俺は少し背筋に冷たいものを感じつつ、馬車に揺られていた。

その頃、美しいブロンドの騎士は予想を裏切らない形相を浮かべ、目の前の衣装を睨んでいた。

「ハルヒコめ……帰って来たら殺してやる」

そう呟くルビアを見て、ミルダはクスクスと笑った。

「いいじゃない、たまには。騎士姿ばかりでは飽《あ》きるでしょ、貴女も」

ここは王宮の中のミルダの部屋である。

怒りが収まらぬ様子だが、ルビアはトレードマークの美しい白の鎧を取り外すと肌着も脱ぎ始める。一糸《いっし》纏《まと》わぬその姿は、神に作られた芸術品のように美しい。

「……口付けなど、するのではなかった」

「え？　ルビア、今何か言った？」

隣では唯一、ルビアの美に引けを取らない赤い髪のハーフエルフが着替えをしている。

ルビアは少し頬を染めると、不機嫌に吐き捨てた。

「な、何でもない！　あの男など馬に蹴《け》られて死ねばよいと言ったのだ」

「へっぷし！！！」

そしてその頃、俺が盛大なくしゃみをしていたことを二人の女は知らない。

第十話　酒宴《しゅえん》

時は少しさかのぼる。

まだハルヒコ達がドラグリアに発《た》つ前の話だ。

アルドリア城の地下にある図書館には、ハルヒコとミルダの姿があった。ミルダは今後の作戦の説明をハルヒコから受けている最中だ。

「どうしてそう言い切れるの、ハルヒコ。この二人の将軍が残ると、なぜ分かるの？」

ミルダはハルヒコに疑問をぶつける。

ハルヒコは本の山にある数冊の本を読みながら、ミルダに手書きの資料を見せた。それには、最近のドラグリアの動きが師団ごとに細かくまとめられている。

「これは……」

ハルヒコが見ているのは軍の機密資料だ。

「ああ、ジームンド王には許可はもらっている」

ハルヒコの目の前に積まれた本や資料の数に圧倒され、ミルダは驚いたように言った。

「貴方、それに全部目を通したの？」

「ああ、必要な部分はな。相手のことも知らずに勝てると思うほど、俺は自信家じゃないんでな」

不思議な男だ。

この目を見ていると、今の絶望的な状況が本当に何とかなるような気がしてくる。

(どこかあの人に似ている。初めて会った時もそう感じたのだけれど)

ミルダは幼い頃出会った、ある男性を思い出して少しだけ頬を染めた。しかしすぐに思い直して軽く首を振る。今はリーアとアルドリアのことに集中しなくてはと。

「城下を押さえて軍を引く際に、グフールが使う手口はいつも同じだ。いざという時に城下に火を放ち、撤退できる機動力に優れた二つの騎兵旅団を巧みに使う」

アルドリア城と城下を繋ぐ東西二つの門は、それら旅団に封鎖されるだろうとハルヒコは言う。

ミルダは、ハルヒコが書いた資料に目を通しながら話を聞いた。

ハルヒコは続ける。

「一つは腹心のエドラスが率いる黒弓旅団《くろゆみりょだん》。火矢で町を燃やし、実働部隊を遠距離から支える弓兵の部隊だ。そして逃げ惑う市民を殺すための実行部隊が黒狼旅団《こくろうりょだん》。こちらは最も機動力がある歴戦の兵士で構成された部隊だ。旅団長はアウロスという老将軍。ミルダ、お前も知っているんじゃないのか？」

ミルダは頷いた。

ドラグリアの先代の王の側近の一人だった男だ。ドルメールが王となって、グフールにその座を奪われたと聞く。真っ当な武人なのが、かえって災いしたのだろう。だが齢《よわい》六十にして一騎当千《いっきとうせん》と呼ばれる武芸の腕は、おそらくルビアに匹敵する。

ドラグリアでも有数の将軍である。

ハルヒコがミルダに期待の眼差しを向けた。

「このゲームに勝つために、俺がほしいものが二つある。この戦いで、あんたにはそれを手に入れてもらいたい」

ミルダは頷いた。

「分かったわ、ハルヒコ。言って頂戴。何をしたらいいのか、きっと上手くやってみせるわ」

リーアとハルヒコがドラグリアに発った後、アルドリア城の東門に駐留する黒弓旅団《くろゆみりょだん》の兵士に一人の女が声をかけた。

ミルダである。

背中が大きく開いた、赤いエキゾチックなドレス姿が美しい。ミルダは兵士に、ジームンド王の書簡《しょかん》を見せる。

暫くすると、兵士はミルダを黒弓旅団《くろゆみりょだん》の駐屯地に連れて行った。そこにいたのは、いかにも用心深く残忍そうな若い男だった。

エドラス・ファングルエン。

グフールの側近として、多くの国で罪もない民を殺した男だ。

エドラスは、ミルダを見ると笑った。

「これはこれは、赤い髪の魔女のご登場とは。何を企んでおいでですかな？」

ミルダは、エドラスに頭を下げてジームンド王の書簡を渡す。

それにエドラスは目を通した。

「なるほど。異国よりやって来た我らの労をねぎらう為に城内で酒宴か。結構な話ではあるが、お断りさせて頂こう。城の中に、どのような罠がしかけられているか分からんからな」

ミルダは挑発するように笑う。

「意外と意気地《いくじ》がないのですね、ドラグリアの将軍は」

その言葉に、エドラスの周りの兵士が気色《けしき》ばむ。

エドラスは薄く笑いながら彼らを制止して言った。

「それは褒め言葉ですかな？　私がこれまで生き延びてこられたのは、この臆病さのお陰でね」

ミルダは、エドラスの隣に移動して座った。そして甘えるように、エドラスの手を握る。

「今さら、何を企むというのです？　妹のリーアはもうそちらの手の中。国境にはさらに三万ものドラグリア兵が控えていることを、知らぬとでも思っておいでなのですか？」

実際に間近で見るハーフエルフの女のあまりの美しさに、エドラスは目を奪われた。

「ほう、それをご存知とは。しかし、我らとてこの場を離れられませんからな。どうです、もしその言葉が本当ならば、ここで宴《うたげ》を催すというのは？　酒も料理もこちらで用意したものでよければ申し出を受けよう」

（それなら薬を盛《も》ることも出来まい）

ミルダはエドラスの言葉に微笑みながら言った。

「もちろんですわ、エドラス将軍」

ミルダはそれから長い睫《まつげ》を震わせて、エドラスの耳元で不安そうに囁く。

「実は私、心細いのです……。父は妹をドルメール王に差し出しました。だから次は、私なのではないかと。……私はドルメール王が女に酷い仕打ちをすると聞きました。それでドラグリアの将軍の妻となれば、私の心配もなくなるのではと」

甘い香りが、エドラスの鼻腔に広がる。

絶世の美女とも言えるミルダが、怯えたように目を伏せる姿は、エドラスの内側に蹲《わだかま》る暗い欲望を鷲掴《わしづか》みにした。

（この女が、俺の妻となるだと）

「お嫌ですか？　忌まわしいハーフエルフの女を娶《めと》るなど」

エドラスは体を寄せる魅力的な女にごくりと喉《のど》を鳴らす。

「ぜ、全軍に知らせよ。アルドリア王より我らの労をねぎらう宴の申し出があった。酒と料理を用意せよ!!」

こうして酒宴が始まった。

ミルダによって知らせを受けた侍女や踊り子が、城内から黒弓旅団《くろゆみりょだん》の元を訪れる。その数は数百人規模にも上《のぼ》り、血の気の多いドラグリアの兵士達の目を釘付《くぎづ》けにした。

「女!!　俺の側に来て、酌《しゃく》をしろ！！！」

「何を言っている!!　その女は俺が先に声をかけたんだぞ！！！」

兵士達は、踊り子の中に一際美しい女を見つけて奪い合うように互いを罵《ののし》り合う。女のブロンドの髪に心を奪われ、その美貌は全ての兵士を魅了していた。口元を隠す白いフードが、より女の神秘性を高め、男達の劣情《れつじょう》に油を注ぐ。

その一方でエドラスの横に座り、その杯に酒を注ぐのはミルダである。兵士達が自分達で酒を酌《く》む姿を眺めつつ、ミルダはエドラスに囁いた。

「エドラス様。そうお呼びして、よろしいですか？」

エドラスは、少し酒に酔って赤くなった顔をミルダに向けた。

「かまわんぞ。何しろ、お前は私の妻になるのだからな」

その言葉にミルダは、恥ずかしそうに俯きながら頷く。そして、エドラスの手をさりげなく握った。

「美しい場所があります。夜のアルドリア城が見える広場です。城下町に宿も取っていますわ。もちろん、兵士の方々の分も。……お分かりですか、私の言っている意味が？」

ミルダの手が、そっとエドラスの足をなぞる。どこからか赤い薔薇《ばら》のような香りが、エドラスの鼻腔を満たしていく。

(この女が俺のものに。いや、しかしここを動くわけには……。アウロスのジジイが、うるさいからな)

エドラスは、ミルダの体を強引に抱き寄せた。

「私はここでもかまわん!!」

エドラスに抱きすくめられて、ミルダの体が震える。腕の中で俯き加減に自分を見上げる女は、

エドラスの征服欲を強烈に刺激した。

「何と美しいのだ。ミルダ、お前ほどの女は初めてだ!!」

ミルダは口付けをしようとするエドラスから身を逸《そ》らして拗《す》ねたように睨む。

「女に恥をかかせるのですか？　このような場所でなど私はいやです。私が間違っていました。エドラス様であればと思いお誘いしたのに……。こんなことなら、武勇の誉れ高いアウロス将軍を頼るべきでしたわ」

エドラスは杯を投げ捨てて激怒した。

「なんだと!!　あのようなジジイが武勇の誉れ高い将軍だと！！！　許さんぞ、ミルダ!!　お前は私の女だ!!」

ミルダは、妖艶《ようえん》に笑った。

「嬉しいですわ、エドラス様。私の女だなんて……。アウロス将軍が怖くて、女の願いも聞いてくださらない臆病な方ではなかったのですね？」

「馬鹿な!!　あのようなジジイが怖いものか！！！　私を誰だと思っている!!　お前達行くぞ！　我が妻になる女が、夜のアルドリアを案内してくれるそうだ。今宵《こよい》は硬い地面の上ではなく、温かい女の肌の上で寝られるぞ!!」

エドラスの言葉に黒弓旅団《くろゆみりょだん》の兵士達は、一斉に歓声を上げる。

その間にも城からは、次々と美しい女達がやって来ては男達の側に侍《はべ》って世話をした。

盛大な宴が、アルドリア城下町の広場でいつ終わるともなく続く。酒が足りなくなると、エドラスはミルダに勧められるがままに、アルドリア城から酒や料理を運ばせた。

「ほう!! アルドリアの酒もなかなかいけるな」

勢いづいて次々と杯を空けるエドラスに、ミルダがいっそう身を寄せる。

宴もたけなわとなる頃、再び一人の女が広場に舞うように踊り出ると、その姿は兵士達の目を奪った。

アルドリアの女達は美しいが、目の前のこの女とミルダだけは特別だ。

白いフードで顔の半分を隠しているものの、その美しさが一級品なのはしなやかな肉体と張りのある双丘《そうきゅう》、そして瑞々《みずみず》しい瞳の輝きを見れば分かる。

輝くようなブロンドの髪が宴に舞う。踊り子の白い衣装も、とてもよく似合っている。

ミルダは甘えた声でエドラスに囁いた。

「エドラス様、腰の物をお貸しください。あの者の剣舞《けんぶ》の見事さは、この天の下に並ぶ者がおりません」

エドラスは自分の腰に手を添える美しい女の瞳に満足そうな笑みを浮かべる。それからおもむろに立ち上がると、目の前に膝を突く女の方へ腰に差した剣を投げ渡した。女はそれを見事に空中で掴み、その剣を顔の前にかざす。

「「「おお!!!」」」

兵士達から、どよめきが起きた。

長く美しい手足。剣の先まで神経が張り巡らされているかのような繊細な動き。その姿はまるで、天から舞い降りた戦女神である。

「ん、どうした?」

兵士の側で酌をしている女達が、次々に兵士達に体を摺《す》り寄せてねだる。

「お腰の物をお貸しください。私も貴方様のために踊りとうございます。あの女ばかり見て……くやしゅうございます」

兵士達は笑いながら言った。

「焼もちか、可愛いやつめ」

女達は次々と剣を取り、ブロンドの髪の白い踊り子と共に踊り始める。見事な剣舞が披露されて、広場にいる兵士達は彼女らに声援を送った。宴会はいっそう盛り上がり、男達は遠慮なく酒を飲み干していく。

踊り子達の剣舞はさらに華麗さを増し、ドラグリアの兵士達を虜《とりこ》にする。しかしその一糸乱れぬ剣舞は、あたかも厳しい修練を積み重ねてきた凄腕の剣士そのものであるかのような見事さである。

（これは……）

エドラスの心中にわずかな疑念が生じたのはその時だった。

「エドラス様、どうされたのです？」

赤毛のハーフエルフがエドラスに身を寄せて酒を注ごうとした。

ミルダの美しい姿が二重に見える。

（まさか……）

その事実に、エドラスが気づくにはあまりに遅すぎた。エドラスは自分の兵士達が、次々と地に倒れるのをぼやけた視界の端に見た。意識が急速に朦朧《もうろう》としていく。

「お、おのれ……」

エドラスは慌てて、自分の後ろに置いた弓に手を伸ばす。

その瞬間、稲妻のように白い踊り子が迫り、手にした剣でエドラスの右手を切り裂いた。

白いフードから、美しい顔が覗く。

ルビアである。

いち早く異変に気づいた者も、腰の剣や弓を取られてなす術がない。兵士達はアルドリアが誇る美しい戦乙女達の刃にかかり、次々と倒れていった。

「おのれ……。この女狐《めぎつね》……。殺してやる」

血走った目で、エドラスはミルダを睨んだ。震える指先が、ミルダの赤いドレスの裾《すそ》を引き裂く。

だが虚《むな》しい反撃もそこまでだった。

エドラスは、遠のいていく意識の中で女が美しく微笑むのを見た。

「無粋《ぶすい》ですわ、そのままお眠りなさい。良い夢を、エドラス将軍」

第十一話　仕えるべき相手

アルドリア城下の、町の中央にある広場が騒がしい。

グフールが、アルドリア王女リーアを連れてドラグリアに向かって半日ほど経っている。日が傾き、アルドリアの美しい城下に闇が落ちていく。

アウロス・バロエルサスは、城下の中央広場に許可なくドラグリア兵の一部が入り込んでいるとの報告を受けていた。

「これは何の騒ぎだ、調べて来い」

今回のアルドリア遠征軍は、グフールが指揮するドラグリアの一個師団の一つ、黒鋼師団《こくこうしだん》である。

軍における彼の階級は中将。勇猛で残虐、ドルメールが王となってから頭角を表した人物だ。

そしてこのアルドリアに残ったのは、その配下にある二つの旅団であった。

その一つは黒狼旅団《こくろうりょだん》と呼ばれる騎馬隊で構成された機動旅団、約二千五百の兵を束ねるのがアウロス・バロエルサス中将、齢六十になる老将軍である。

もう一つの旅団は黒弓旅団《くろゆみりょだん》、前衛《ぜんえい》を維持する槍騎兵の黒狼旅団《こくろうりょだん》と違い、機動力のある騎馬弓兵を中心としていた。兵数は同数の二千五百人、その旅団長はグフールの腹心である若き少将エドラス・ファングルエンだった。

ドルメールのやり方は狡猾である。

狙いを定めた相手に無理難題《むりなんだい》を押し付けて、相手が手を出したところで大軍をもって殲滅し、その国を配下に収めてきた。もしくは王族の子女を妾に迎え、実質上の属国にしてしまう。

自ら侵略をしては、大義を振りかざせないからである。

アウロスは、そんなドルメールの息のかかったグフールとは違い、根っからの武人だった。先代の王アファードの頃より将軍として側に仕え、その賢王ぶりを間近で見て来た。そんなアウロスにとって、ドルメール王のやり方は納得のいくものではなかった。

だが、国のために命を賭《と》して戦うことだけが武人としての本分と心得ていた。

もし城内にいるアルドリア軍数万に動きがあれば、即座に城下町を焼き、撤退した上でグフールに合流する。アウロスの黒狼旅団《こくろうりょだん》とエドラス率いる黒弓旅団《くろゆみりょだん》にはそんな重要な任務が課せられていた。

暗い目でアウロスは、アルドリアの町並みを見た。

(動いてくれるなよ、ジームンド王よ。動けば、そなたの民を皆殺しにせねばならん)

その時、哨戒《しょうかい》に出た先ほどの兵士が戻りアウロスに報告をする。

「アウロス中将、どうやら酒宴が催されている様子です。中央広場には、エドラス少将もいらっしゃいました」

(酒宴だと!! エドラスめ、何を考えている。正気なのか? 城下の東を固めるエドラスの部隊が中央に移動しては、アルドリア軍の通路を作るようなものではないか!!)

城から城下町に出る城門は二つ。

西の城門を見張っているのがアウロス率いる黒狼旅団《こくろうりょだん》、東の城門を封鎖しているのがエドラス率いる黒弓旅団《くろゆみりょだん》に与えられた任務のはずである。

(もし今アルドリア軍が東門を通り、城下町になだれ込めば我らは退路を断たれる! 一体何をしているのだ、エドラスめ!!)

アウロスが胸の内で悪態を吐いた刹那《せつな》、凄まじい絶叫が辺りを支配した。

まるで雨のような矢の嵐が背後から突然降り注ぎ、黒狼旅団《こくろうりょだん》に襲い掛かる。

すぐさまアウロスは大声を上げた。

「敵襲だ！！　おのれアルドリアめ、愚かな真似を！！！」

アウロスが、城下に火を放つために旅団に命令を出そうとしたその時、今度は前方から人影が現れた。

先頭に立つのは白い踊り子のような衣装を着た美しい女だった。同じ衣装を身に纏った女達が、アウロスの行く手を阻む。

老将軍は、その女の正体に気づいて静かに呻《うめ》いた。

「ルビア・アルファイラ……。アルドリアの薔薇《ばら》か」

アウロスは、馬から降りルビアと対峙する。

軍としての勝敗は、もう決していた。

(目の前からこの女が来たということは、エドラスは死んだか、捕らえられたということだ)

東門がガラ空《あ》きだとすれば、城内からいくらでもアルドリア兵が出て来られる。おそらく黒狼旅《こくろうりょ》団《だん》を、今まさに背後から攻撃している兵はアルドリアの正規軍であろう。すでに完全に囲まれているに違いない。

その数は最大で二万、とても二千五百の黒狼旅団《こくろうりょだん》では太刀《たち》打ちは出来まい。

アウロスは唸った。

猜疑心《さいぎしん》の強いエドラスをこうも簡単に罠に嵌《は》め、そして前後から黒狼旅団《こくろうりょだん》を挟撃《きょうげき》する。

(誰だ……。このような軍略に長《た》けた人間が、アルドリアにいるとはな)

黒い鎧に黒の槍。かつての賢王アファードの槍も血に穢れたものだ、とアウロスは自嘲《じちょう》した。

だが、武人としての矜持《きょうじ》がある。

「アウロス将軍、投降されよ。貴殿は賢王と呼ばれたアファード王の側近だった武人。私に貴殿と戦えと命じた男は、貴殿を殺す必要はないとも言った」

アウロスは、ルビアの言葉に笑った。

(やはり、その男がアルドリアの軍師か。何者だ)

「アルドリアの薔薇《ばら》よ。この命が尽きる前に一つ教えてはくれまいか。その男は、勝てるとでも思っているのか？」

アウロスはこれほど鮮やかに、こちらの裏をかいたその男に感心はしたが、また愚かだとも思った。このようなことをすれば、アルドリアは終わりだ。

現在王女であるリーアは人質としてグフールと同行している。

しかもここで、ドルメリアの二つの旅団を壊滅させたところで、たかが五千の兵を減らすだけである。グフールが率いる、一万五千とアルース関所に陣取《じんど》るドラグリアの本隊三万、つまり四万五千の兵は健在なのだ。

（アルドリアの二万の兵では到底太刀打ち出来まい。このような小さな勝利など何の意味もないことが分からぬとは、その男も愚か者よな）

アウロスは槍を構えた。

「愚かなことをしたものだ。王女を差し出して属国となれば、まだ民は救われたかもしれぬのに。これでアルドリアは、民までもが根絶やしにされるぞ」

アウロスは、目の前の女が剣を構える姿に思わず見惚《みと》れた。何の迷いもない、心に一点の曇りもない構えだ。

（まさか、勝てるとでも言っているのかその男は⁉　アルドリアの薔薇《ばら》ともあろう者が、そのような戯《ざ》れ言《ごと》を信じて、王女を危険に晒してよいとでも……）

女剣士は、美しい瞳でアウロスを射抜《いぬ》いて言った。

「私はあの男を信じている。ただそれだけだ‼」

その瞬間、ルビアが一気に距離を詰めた。稲妻のような速さで両者は斬り合う。

「ぬぅん‼」

アウロスの槍がブレるように動いた瞬間、ブロンドの髪が大きく舞う。

ルビアの頬を銀色の一閃がかすめ、踊り子の白い羽かざりが宙に飛んだ。

「やりおるわ！　アルドリアの小娘が‼」

百戦錬磨の槍さばきを、目の前の女騎士が表情一つ変えずにかわしたのを見て、アウロスは戦士としての血が沸き立つのを感じた。これ程の相手には滅多に出会えるものではない。

「ぬおおおお!!」

強烈な気合いと共に放たれた槍の連撃は、あまりのスピードのため無数の残像を空中に作り上げていた。だがしかし――。

「うぬっ!」

アウロスは呻いた。自分と対峙する女の瞳がその全てを見切り、手にしたレイピアで鮮やかに受け流したからである。その姿はまるで天上から舞い降りた戦女神だ。

(馬鹿な……、これ程の女が一片の疑いもなく信じているというのか? 一体どんな男なのだ、アルドリアの軍師とは)

歴戦の兵《つわもの》の槍先が一瞬ひるんだその時、アウロスの槍とルビアの剣が凄まじい速さで交差する。

美しい女騎士の首元に突きつけられた槍の先が、ゆっくりと斜めにずれていき地面に転がった。

それを切り落としたのが、わずかに先に切り上げたレイピアの刃であることを分かった者がいるかどうか。

アウロスは膝《ひざ》を突いた。

おそらく、武人としての技量ならば互角だっただろう。だが勝負は斬り合う前に決まっていた。

これほどの達人の領域になれば、少しの心の乱れが命取りになるのは双方分かっていたはずだ。

だからこそ、アウロスはルビアの動揺を誘う言動をしたのだ。だが、それにまったく動じないルビアに逆にアウロスの心が揺れたのである。その一瞬の隙を戦女神のような女騎士が見過ごすわけもない。

アウロスは、どっかりとその場に腰を下ろして兜を脱いだ。そして、首を露《あらわ》に晒す。

「見事だ、アルドリアの薔薇《ばら》よ。さあ好きにするがいい」

その頃には既に、黒狼旅団《こくろうりょだん》は壊滅状態になっていた。生き残った兵士も、次々に投降している。

もともと黒狼旅団《こくろうりょだん》には、先代のアファードに忠誠を誓った兵士達が多い。

(これでもう罪もない者を殺さなくてもよいのだな。ワシは長く生き過ぎた……。あの世ではもう一度、アファード陛下のようなお方に仕えたいものよ)

アウロスは、ゆっくりと瞳を閉じた。

「たとえどのような男であったとしても、ドラグリア王家の血を引きし者。武人として、それ以外の者に仕えることなど出来来ぬ。さあ、この場で殺すがいい」

それが先ほどの言葉の返事だと知り、ルビアは剣を振り上げた。武人として逆の立場ならば、ルビアも同じことを望むからだ。

「ルビア」

美しい声が、ドラグリアの将軍の首を刎《は》ねる寸前でブロンドの女騎士の腕を止めた。

ミルダだ。

アウロスは、薄く瞳を開く。

「赤い髪の魔女か。どうした、なぜ止める？」

ミルダはその呼び名に少し顔を顰《しか》めた。

「貴方が仕える相手が、ほかにいるとしたら？　仕えるべき相手と言った方が、いいのかしら」

ミルダの言葉の意図を、アウロスは推《お》し量《はか》っている。

暫く沈黙をした後、アウロスが低く言った。

「それは、どういう意味だ……」

野生の虎のような迫力に、普通の人間なら圧倒されているだろう。

「分かっているはずよ。貴方が力も持たない、守るべき人達を殺してまで、なぜドルメールのような男に仕えてきたのか。貴方が命がけで守ってきたもの……」

ミルダの言葉が老将軍の表情を一変させる。アウロスは、赤い髪の魔道士を怒りの形相で睨んだ。

「黙れ‼　あのお方のせいではない！！！　あのお方は何も知らぬ‼　ワシが勝手に殺したのだ……。この血塗られた手は、決してあのお方のせいなどではない！！！」

ミルダはアウロスを見据えて断言した。

「貴方が死ねば、ドルメールは手に入れたがるでしょうね。いくら神殿の中で神官などをしていても、貴方が死ねば、彼女を守る者はいなくなる」

アウロスがその考えを否定する。

「黙れ……。あの男がケダモノだとはいえ、奴にとっては亡き兄君の姫であり、血の繋がった姪《めい》なのだぞ。それに約定を交わした!! ワシがあやつに忠誠を誓う代わりに、二度とアイリーネ様には手を出さぬと……」

「ドルメールが、そんな約束を守ると思って？」

ミルダがアウロスに駄目押しをする。その美しさは目を背けることの出来ない理不尽な真実をアウロスの首筋に突きつけているかのようであった。

アウロスは地面を叩いた。少女の顔が目蓋《まぶた》の裏に蘇ってくる。

戦地に向かう時には、いつも瞳に涙を浮かべてくれた清らかな少女。美しく成長されてからも、ずっとこの老体を案じてくれた。

「もし、グフール率いる二万とアルース関所にいる三万の兵が壊滅したらどうなるかしら？ ドラグリアは大混乱になるでしょうね」

アウロスは、赤い髪のハーフエルフを凝視した。

「アイリーネ王女がいるのはフェレトの神殿、比較的アルドリアの国境に近いわ」

老将軍は立ち上がる。

「その混乱に乗じて姫を、アルドリアへ連れ出すというのか？　笑止《しょうし》な。そもそも、五万の兵を倒せると思っているのか？　どのような男の入れ知恵かは知らんが、そのような策が成功するものか!!」

ミルダは老将軍の言葉に少し笑った。

「そうね、私も最初はそう思ったわ。でも出来るとしたら？　それにアウロス将軍、貴方が考えていることは少し違うわ。アイリーネ王女をアルドリアに迎えるつもりはないわ」

アウロスは槍を手に持った。

「ワシを愚弄《ぐろう》する気か!!　アルドリアの庇護《ひご》がなければ、たとえ神殿から連れ出したとしても同じではないか!!」

ルビアは、アウロスの槍の先がミルダの首筋に突きつけられているのを見て剣を構える。

ミルダはそれを手で制した。

「勘違いしないで。アイリーネ王女とは同盟を結ぶつもりです。正確に言えば彼女個人とではなく、アイリーネ王女が女王となる新生ドラグリア王国の最初の同盟国に、我々アルドリア王国がなるということです」

アウロスはその言葉に驚いてミルダを見る。

「馬鹿な！　新生ドラグリア王国だと？　一体何を言っている‼」

（当然でしょうね、私も最初これを聞いた時は驚いたもの）

ドラグリアの老将軍の反応に、ミルダはハルヒコから聞いた話を思い出していた。


それはハルヒコとリーアがまだアルドリアを発つ前の話である。

アルドリア城の執務室の一つにハルヒコとミルダはいた。ハルヒコの突拍子もない奇策に赤い髪のハーフエルフは思わず声を上げる。

「同盟ですって⁉」

ハルヒコは、大量の本の山の中で資料を読みながら答えた。

「ああそうだ、まずはグフールの兵二万と国境付近の三万を壊滅させた後、ドラグリアと同盟を結ぶ」

ミルダは、美しい眉を吊り上げて言った。

「何を言っているの、ハルヒコ。ドルメールがどんな男か知らないわけではないでしょう。もし五万の兵を壊滅なんてさせたら、当然全面戦争になるわ。同盟なんてありえないし、ドルメールが和睦《わぼく》に応じるはずないじゃない‼」

そこまで早口でまくしたてたミルダは、自分の言葉にハッとする。

ハルヒコは、察しがいいなというふうに頷いた。

「そうだ。もし俺の策どおり、今回五万の兵を壊滅させたとしたら？　アルドリアにとっては、さらに最悪の状況になる。おそらくドルメールは、血まなこになってアルドリアを潰しに来るだろう」

ミルダは、ハルヒコに疑念の目を向ける。

「……ええ、そうなるでしょうね。帝国を名乗った以上、アルドリアに五万もの兵を壊滅させられて反撃もしなかったら、皇帝の権威が揺らぐもの」

ミルダは自分の発した言葉の意味するところを理解して、叫ぶようにハルヒコを非難した。

「だったら尚更じゃない‼　そんな状態でドラグリアがアルドリアと同盟を組むと思うの？　いくら貴方が言うことでも、今回の話は信じられない」

不安に震えるミルダに対してハルヒコは肩をすくめる。

「同盟を結ぶのは、ドルメールとじゃない」

「えっ⁉」

ミルダはハルヒコの真意を確認するように聞いた。

「どういうこと⁉　ドラグリアと同盟を結ぶ……、でも相手はドルメールじゃないって。……あ‼　まさか！」

ハルヒコは笑った。

ミルダは、目の前に広げられた世界地図を見る。ハルヒコの指は、アルドリアとドラグリアの国境に近い神殿を指差していた。

「分かるか、ミルダ。俺がお前にアウロスを手に入れてほしいと頼んだのは、それが理由だ」

（この人……。私達はどうやって五万の兵を倒すかだけに躍起になっていたのに。ハルヒコが考えているのは、そのさらに先の話なのね……）

ミルダは、五万のドラグリア兵を倒す方法を既にハルヒコから聞いていた。その内容の緻密《ちみつ》さに驚いたが、彼はさらに二手、三手先の策を練っている。

ミルダは少し震えた。

「貴方が敵じゃなくて、よかったわ」

ハルヒコは、ミルダの言葉に不敵な笑いを浮かべる。

「でかい国、しかも独裁体制の国が一番恐れるのは外からの攻撃じゃない。内側からの反乱だ」

ミルダは頷いた。

「もし、ドラグリアが二つの体制に分かれたら……。ドルメール派と、そして先王アファードの娘アイリーネ派に。アルドリアが同盟を組むのは、アイリーネが作る新しいドラグリア王国と……。そういうことなのね!!」

ハルヒコは静かにミルダに言った。

「ああ、もちろんアルドリアは、全力で新しいドラグリア王国を支援する。そうなれば、事実上帝国は崩壊してドラグリアに嫌々従っている属国の多くを、こちらの同盟に引き込めるだろう」


ミルダはハルヒコの言葉を思い出しながら、ドラグリアの老将軍の説得を試みる。

「私も、この話を初めて聞かされた時は驚いたわ」

アウロスは、ミルダに手渡された書簡を読んでいる。

ドラグリアを発つ前に、ハルヒコがアウロスに宛《あ》てて書いたものだ。

(馬鹿な……。こんなことが本当に出来るのか？　しかし、もしアルドリアが五万の兵を壊滅させたとしたら？)

アウロスは唸る。

（そうなればドルメールの権威は大きく揺らぐ。さらに、その機に乗じてアイリーネ様が新生ドラグリア王国の女王を名乗れば……。そういうことか!!）

「貴方が戻らず、アルドリアまでが滅びたらアイリーネ王女にも未来はないわ。貴方には選択肢がないはず。どうせ捨てる命なら、私達と共にその命を懸けてくれないかしら」

アウロスは再びその場に座り込んだ。虎のような武人の顔に深いしわが刻まれる。

「ふふ……。ふぁはははははは！！！」

武人の口元が緩み、大きな笑い声が漏れた。

ミルダとルビアは神妙な面持《おもも》ちでアウロスの答えを待つ。

「これは……。これは面白い!!　面白い男だ……。アルドリアの薔薇《ばら》が惚れるのも無理はないな！！！」

「なっ！！！」

ルビアは美しい眉を逆立《さかだ》てて、アウロスに噛みつく。

「だ!!　誰が惚れてなどいるか！！！　ハルヒコなどに誰が！！！」

アウロスは肩を揺らして破顔した。

「女が命を決する戦いで、あれほど迷いなく剣を振るえる理由など一つしかあるまい。……ハルヒコというのかその男は。一度、会ってみたいものだ」

「アウロス将軍、それは仲間になってくださるというご返事と理解してもいいのかしら」

ミルダの言葉にアウロスは同意する。

「ああ、だがまずは当面の五万の兵を倒すことだ。一体どうやって、あれだけの数のドラグリア軍を倒すのだ？　まずは、それを聞かせてもらおうか」

ミルダは、アウロスの言葉に大きく頷いた。

ルビアは剣を収めると、不機嫌そうに釘を刺す。

「アウロス将軍、貴殿の協力は歓迎する。だがいいか、私は断じてあんな男に惚れてなどいない!!　分かったな!!」

ミルダはそれを聞いて、クスクスと笑う。

「あら、私はハルヒコが好きよ。強敵はルビアとリーアかなって思っていたのに。こちらの戦いは、私に勝ち目がありそうね」

「なっ!!　ミルダ!!　……もういい!!　勝手にしろ!!」

白い踊り子姿でそっぽを向いた美しいブロンドの女剣士を見て、アウロスは久しぶりに腹の底から笑った。

第十二話　傷痕《きずあと》

アルドリアで酒宴が終わった頃、リーアはドラグリアに向かう馬車を降りて、一日目の駐留地になるエリハ湖畔《こはん》で身を清めていた。湖の周りは侍女達が固めているため、危険はないはずである。

アルドリアの中央にあるこのエリハの湖はとても澄んでおり、水浴びをするのが実に気持ちがよい。

夜も更《ふ》け始め、駐留地に焚《た》かれたかがり火が揺れていた。リーアの美しい銀色の髪が月光に輝いて、まだ幼く白い肌にはじかれたように流れる水が煌いている。

少しだけ膨らみかけた自分の胸を見つめて、リーアは溜め息を吐いた。姉のミルダに比べたら、みすぼらしく残念な膨らみだ。

(お兄ちゃん心配そうだったから、一緒に来る？　って聞いたら赤い顔してた)

ハルヒコの困った顔を思い出して、リーアはクスクスと笑う。

ふと、かがり火の先に同じく水浴びをする人影を発見し、リーアはハッと身を硬くした。王族として見ず知らずの男に、自分の全てを見られるようなことがあってはならない。ハルヒコにならと一瞬考えて、リーアは唇を噛んだ。

(何を考えてるの？　私なんかの裸に、お兄ちゃんは喜んだりしないわ、きっと)

天使のような美しい体を月光に煌かせて、リーアはもう一度自分の胸を見て嘆息する。月光の下の淡い光に眼が慣れてくると、近くで水浴びをしているその人影も女なのが分かった。

(だれ？)

リーアは不思議に思って、その人影に近づいた。

かすかな水音に、女が振り返る。

「誰だ？」

相手の女は、氷みたいに冷たい声で尋ねた。聞き覚えのある声。それは確か、グフールと共にいた黒装束の女の声だった。

(綺麗……)

引き締まった体に黒い髪。月の光に映し出された女の姿は美しかった。

女はリーアの方を振り返る。

(あ……)

リーアは思わず、目をそらした。

その美貌に刻まれた傷を見て、見てはいけないものを見てしまった気がしたからだ。女の頬には、刃物で切られた鋭い傷がある。リーアは女の鋭い視線を感じて、その場に立ち尽くしていた。

女は射るような眼でリーアを観察しながら、彼女の方へ近づいて来る。

(どうしよう、お兄ちゃん……。私、どうしたらいいの?)

リーアの足が震える。

ハルヒコから、この女性には特に気をつけろと言われていたからだ。

リーアは、おそるおそる女を見上げる。

年齢は十八ぐらいだろうか? 少しリーア達とは顔立ちが違う。大陸の東方の民族に特有の黒髪と黒い瞳。凛とした美しさが、リーアの眼をもう一度伏せさせた。

女は自分の頬に触れる。

「この傷か?」

リーアはコクリと頷いた。

「女の顔に傷があるなど、子供のお前が怯えるのも仕方ないことだな」

(……え?)

リーアは思わず聞き返してしまった。

黒髪の女の声が、予想外に優しかったからだ。その瞳は、リーアを静かに見つめていた。何かを思い出すように。

女は一度月の明かりに目をやってからリーアの方へ視線を移し、静かに話し始めた。

「むかし、一人の少女がいた」

リーアの瞳が女のそれと交錯する。

不思議な魅力がある女性だった。誇り高く、それでいてどこか悲しさを秘めている。

「少女は愛していた。ある男を、心から。その男のためならば、たとえその身を焼かれても、悔いなどなかった」

湖畔に静かに風が流れた。

女は話し続けた。

「少女は王女だった。小さな、小さな国の王女。そして誇り高い剣士の一族の頭首の娘でもあった」

(切ない瞳……。もしかして、これってこの人の)

リーアは、小さな胸に両手を合わせて女の物語に耳を澄ませる。

「ドラグリアは、その国の刀の製造技術や剣技に目をつけた。国王は決断するしかなかった。娘を差し出して生き延びるか、それとも全てを灰にして皆で滅びるか」

リーアの手は震えていた。その少女の気持ちが、分かりすぎるぐらいに分かったのだ。

恐ろしく、逃げ出したいに決まっている。

王女であることも何もかも捨てて、愛する人の手を取って誰も知らない土地に行って暮らしたい……。そんな気持ちが、リーアには本当によく分かった。

涙が出る。

黒髪の女はリーアの目元に細い指を這わせ、指先でそっと涙を拭った。

「それを知った男は少女に言った。何もかも捨てて二人で逃げようと、どこか遠くで二人だけで生きていこうと」

風はいつの間にか凪《な》いで、湖面には二人の髪から落ちる水の雫《しずく》が小さな波紋《はもん》を作っている。

「少女は嬉しかった。男が全てを捨ててもよいほど、自分を愛してくれていることを知ったからだ。少女は微笑み、そっと彼の頬に触れた。そして彼女は心を決めた」

（どうなったの……）

リーアは身を乗り出して、女の言葉を待つ。

「少女は父に願い出た。自分をドルメールに差し出すように。そして、その国の民を救うように」

（そんな……。どうして？）

リーアは目の前の女に物問いたげな視線を向けた。

女は月を眺める。

「十分だったのだ。……彼が、自分を愛してくれた心が伝わってきたから。それだけで、十分だった。……分かっていたのだ。初めから自分が民を見捨てることなど、王女として決して許されないことだと。そして、彼女はドルメールの妾の一人になった」

リーアは恐怖で目を伏せた。あの男に抱かれる！　想像しただけで、幼い体が恐怖に震えた。

「少女がドルメールの妾になった日、一人の男が死んだ。自ら刀で腹を裂いて。……少女の恋人だ」

女の目が遠い過去に思いを馳せる。女の頬を流れた雫が、湖面を静かに打つ。

「少女は空を見上げ、声を殺して泣いた。自分が思うよりも、もっともっと深く……。ずっとずっと強く、彼女は愛されていたのだ」

女は頬の傷をなぞった。

「少女は、男から貰った小さな短剣で自分の頬を深く裂いた。女として、誰もその少女を抱く気が失せるように、はっきりと深く」

リーアは両手を握り締めた。

男の後を追って死ねば、国を守るための人質の価値がなくなる。愛する人が死んでも、死んで追いかけることも許されないのだ。

女は月の光の中でリーアに語り続けた。

「三年前の話だ。愚かで馬鹿な、少女の話。自分の心に正直に生きられず……。今でも死ねずにいる、愚かな女の話だ」

きつく噛み締められたリーアの唇が開く。

「……違う…」

幼く美しい体が震え、その手が女の手を握った。

「愚かなんかじゃない……。ただ愛しただけ………。その人を、みんなのことを……。誰よりも愛しただけ」

その言葉に、女は優しくリーアを見つめた。

その時、水が跳ねる音がした。

「リーア！！！」

男がリーアと女の間に立ち塞がるように飛び込んで来る。ハルヒコだ。侍女からリーアと黒髪の女が何やら湖で話していると聞いて急いでやって来たのである。

「お前、ヨアンとかいう女だな。リーアに何をするつもりだ？」

ヨアンの黒髪が風に靡くと同時に、その姿は霞《かすみ》がかったかのように動いてハルヒコの後方に回る。

それが超スピードの移動だと分かる者は、この数万の軍勢の中でもほとんどいないだろう。

「それはこちらの台詞《せりふ》だ。女人の水浴びの最中に無礼にもほどがある」

美しい黒髪の女の手刀が、鮮やかにハルヒコの後頭部を薙《な》ぐ。

「安心しろ、殺しはしない」

そう言って鋭く目の前の首筋に手刀を落とす。

その瞬間、黒く美しい瞳が大きく見開かれた。どうしたわけか何の感触もなく、その一撃が空を切ったのだ。

美しい黒髪の剣士は、それが男の残像だったことに気づき、すぐさま後方に飛ぶ。ヨアンは先ほど自分がいた場所に、稲妻のような蹴りを放つ男の影を確認し目を細めた。

判断が遅れていれば、その場に倒れていたのは自分だと悟ったのだ。

「……貴様、何者だ。ただの従者ごときが出来る動きではない」

長身のその男は、月明かりの下で静かにヨアンの次の動向を窺っている。

リーアが声を上げた。

「やめて！　お兄ちゃん!!　この人は違うの、敵なんかじゃない！」

男は王女の必死の叫びに首を傾げる。

「どういう意味だ、リーア？」

ヨアンは静かにハルヒコを見ると、リーアに言った。

「お兄ちゃん？　なるほどな。この男がお前の……」

ヨアンのその言葉に、リーアは真っ赤になる。女の発言の意味が分かったのだ。

「あ、あの……。違います……。私が一方的に」

ヨアンはハルヒコを睨む。

「リーアを大切にしろ。いつも側にいてやれ。どんな辛いことがあっても、お前が離れなければリーアは笑顔でいられる」

ヨアンは言い捨てると、湖畔の木にかけた黒装束に再び身を包み、その場を去った。

リーアの頭をハルヒコがクシャクシャとする。

「馬鹿！　なぜ、大きな声で俺を呼ばない。そうしたら、もっと早く来られたのに」

リーアはハルヒコを見つめた。この人が手を取って、一緒に逃げようと言ったら自分はどうするのだろう。そんなことをふと考えながら。

そして、あることに気がついて、きゅっと両腕で全身を覆い隠そうとする。

「あ……」

ハルヒコも、少し動揺している。

リーアの大きな瞳に涙が浮かんだ。

「あ、あのなリーア、違うんだ。見てないから!!　それに、大丈夫だ!!　俺は大きな胸が好きだから、リーアをそんな目で見てないから安心しろ!!」

その言葉にリーアは、頬を膨らませて銀色の眉を吊り上げた。小さな胸を両手で包みながら、リーアはハルヒコの向こう脛《ずね》を思いっ切り蹴飛ばした。

「いってぇえええええ！！！」

「何が安心しろなの!!　お兄ちゃん何も分かってない!!　もう大嫌い！！！」

妖精のように美しい体を翻し、その場を走り去って行くリーアの声を聞きながら、ハルヒコは溜め息を吐いて夜空を仰ぐのだった。

◇

「おお、我は偉大なる精霊の王の娘……、あの、面倒なので省略しますね。ヒール!!」

（おい！　やっぱり、麗しのミルファールだの何だのは、こいつの気分で言ってただけなのかよ！）

なぜかリーアに思い切り蹴飛ばされた俺の向こう脛に、ミルファールがヒールをかける。とはいえ、蹴ったのがリーアだから別に回復魔法をかけるほどのことではないと思うんだが。

俺は、俺の周りを飛び回るミルファールに肩をすくめて言った。

「何怒ってるんだ、リーアは。まあ確かに、怒るか……。女の子の水浴びしてる姿なんて見ちまったら」

実際はすぐに目を逸らしたから、何も見てはいないんだが。

ミルファールは、俺の顔の前で首を横に振った。

「わたしはそこじゃないと思うんですけど、リーアさんが怒っているのは」

じゃあ、一体何なんだ。俺が何をしたっていうんだ。

「ほんと分かってませんよね、ハルヒコさんって女心が。これじゃあ、わたしがいくら努力しても、モテモテになるなんて夢のまた夢ですわ」

(ああ……。この人、まだそんな計画を実行してたのか。こっちはすっかり忘れてたんだが)

いずれにしても、リーアにはあの女のことを確かめておく必要がある。ここから先は不確定要素が、俺達全員の命にかかわる可能性があるからだ。

俺は、リーアのために用意された天幕の前にいる侍女に声をかけた。侍女は天幕に入り、暫くすると戻って来て俺を中へ促す。

そこでは数人の侍女達がリーアの髪を拭いて乾かしていた。少し濡れた銀色の髪が、シルクのように輝いて美しい。

(まだ……。怒ってるよな?)

リーアは侍女達に下がるよう命じ、俺の目をジッと見つめた。

そしてツンとした顔でそっぽを向く。

さすがにこれはやばい！

こんな事実がルビアにばれたら、俺は確実に八つ裂きにされるだろう。

「あ、あのな……。ごめんな、リーア。見るつもりはなかったんだ。ただ、お前が危険だと思ってつい、悪かったよ」

リーアは俺をちらりと一瞥し、口を尖らせた。

「……やっぱり見たんじゃないですか」

「ちょっと待て！　あの時はお前を守るために必死だったし、すぐ違う方を向いたから本当に何も見てないんだって！」

名誉にかけて言うが、これは真実だ。

「……本当ですか？」

リーアは可愛らしく横目で俺をジーッと睨みつつ、俺の隣に場所を変えて座った。

「ああ本当だ。だからもう、そんなに怒るなよ」

リーアは俺の顔を下から覗き込んで、ぷいっと顔を背けた。

「でも……。興味がないって言いました。リーアのこと」

これはやばい。そっちが失言だったのか。

「あ！　あのな、それはそういう意味じゃなくてだな。第一に、俺はリーアのお兄ちゃんなんだろ。妹をそんな目で見る奴なんて、いないだろうが」

慌てた様子の俺を試すかのように、リーアは間を置いてからクスクスと笑い出す。

「もう、許してあげます。ルビアとお姉様にも内緒にしておきますから」

是非、お願いします。

切り刻まれたり、黒焦げにされたりする無残な未来しか浮かばないからな、こんなことがばれたら。

「ヨアンさんのこと、聞きたいんですよね？」

相変わらず賢い子だ。俺が頷くと、リーアはさっき湖畔であったことを全て俺に話した。

俺とリーアの側で、話を聞いていたミルファールが口を挟む。

「おそらく東方の部族、アンファルの王女ですわね」

俺は頷いた。アルドリアの書庫で見た覚えがある。

三年前、ドラグリアに王女を引き渡して事実上の属国になっている。王の一人娘は剣の天才だったと聞く。それがヨアンだろう。

本来はドルメールの妾の一人だが、自分で顔に傷を付けたことで妾としてではなく、武人としてドラグリアに尽くすことを強いられているに違いない。

リーアは俺に懇願《こんがん》した。

「ヨアンさんを助けてあげて、お兄ちゃん。あの人はずっとアンファルの人達のために……。私、ヨアンさんの気持ちが分かるの」

(同じ王女としてそうだろうな。逆にヨアンにとってもリーアは……)

リーアの気持ちは分かる。とはいえ、物事はそう容易《たやす》くはいかない。

(どうする？　口で助けると言うのは簡単なものの、それはつまり、同時にアンファルを救わなければならないことを意味する)

そうしなければ、ヨアンが今まで何のために生きてきたのか、それさえも否定することになるだろう。そんな権利は、俺にはない。

だが一つだけ方法がある。とにもかくにもそのためにはまず、目の前の一万五千の兵とアルース関所の三万のドラグリアの兵を倒さなければならない。

俺はリーアに諭すように言い聞かせた。

「悪いが簡単には約束が出来ない。俺にとって優先しなければいけないのは、お前の安全とアルドリアの勝利だからな」

リーアは俺の手をギュッと握った。大きな瞳が、俺を見上げている。

「分かったよ、約束する。俺が出来ることはやってみる、これでいいか？」

リーアは、俺の胸に頭を埋めて頷いた。

「うん……」

どうした、少し熱っぽいな。水浴びをしながら、夜風に当たりすぎた様子だ。

「もう寝ろ、明日も長旅になるからな」

俺がリーアの側を離れようとすると、小さな手が俺の手をギュッと握り締めてきた。リーアが自分の顔を隠すように、俺の胸にギュッと頭を押し付ける。

「側にいて……。わがままだって分かってる。でも、もう少し側にいてほしいの。怖いの、もし全てが失敗したら、私はヨアンさんみたいに一人で戦えるのかって。戦っていけるのかなって……」

リーアの体が震えている。

王女は賢い子だ。もし事が失敗すれば、おそらくリーアは捕らえられてドルメールの慰み者にされるだろう。王女としても扱われず、生き残ったわずかなアルドリアの民を盾にされて、この細い体でどんな要求も呑まなければいけなくなる。

(わがままか。たった十二歳でアルドリアの民を背負って命を懸けている、こんな子供が言う台詞じゃないな)

俺はリーアが眠るまで側にいた。小さな白薔薇《しろばら》のような唇が微かに寝息を立てるのを聞くと、侍女達に後を託して天幕を出る。

ミルファールが俺の肩に止まる。俺はその小さな頭をそっと撫でた。

この天然プチデビルが、さっきから大人しい理由が俺には分かる気がした。リーアやヨアンだけじゃない。ミルファールだって精霊界の王女として生まれたからこそ、背負うものがあるのだろう。

ミルファールは少し怒った顔で俺を睨む。

「わたしは子供じゃありません……。いいですか、ハルヒコさん。わたしは貴方よりも、ずっとずっと年上なんですからね」

そういえばそうか、見た目が幼女だから忘れていたな。

「でも許してあげます……。少しだけ思い出しました。あの人を愛した時のこと。別れた時のこと……。なんだか思い出してしまいました」

小さな肩を震わせて、ミルファールは泣いている。リーアからヨアンの話を聞いて、ジームンドと過ごした日々の記憶に思いを馳せていたのだ。

俺はそっとミルファールの頭を撫で続けた。言葉で慰めても、無意味な時もある。

暫く泣くと、ミルファールは俺の顔をじっと見つめる。

「……やっぱり。もしかしてハルヒコさん、わたしのことを口説いてます？」

この間と同じ台詞だが、これはミルファール流の照れ隠しだろう。

俺は肩をすくめて言った。

「そうかもな」

ミルファールは微笑して、俺の首に寄りかかりながら夜空を眺めていた。

第十三話　戦いの準備

いい香りがした。

まるで百合《ゆり》の花を思わせる芳香《ほうこう》が、俺を包んでいる。

（……ん？）

俺が目を開けると、美しい月光の滝の中にいるかのように目の前がキラキラと煌いていた。勝気だが大きく愛らしい瞳と、小さな白薔薇《しろばら》の花びらに似た可憐な唇が、俺の約五センチメートルぐらいの距離に迫っている。

（なんだ……。リーアか）

「うわっ!!」

俺は思わず声を上げた。

なんだじゃない。近すぎだろ、顔が。

リーアは不満そうだ。

「うわって、なんですか！　失礼です!!」

(失礼ですって、お前！　なんだ朝か……)

結局、昨日はミルファールと暫く月夜を眺めた後、俺は天幕に戻って寝た。だが、なんでリーアがここにいるんだ？

リーアが声をひそめる。

「侍女の一人が見たんですけど、さっきアルドリアの方から来たドラグリアの兵士が、グフール将軍の天幕に向かったそうです」

(そうか、もうそんな時間か)

予想はしていたが、少し早い。俺は体を起こすと、リーアを連れて外に出る。

(伝令だな。定期的にアルドリアの様子を探るために、伝令をやり取りするのは当然だからな)

もしミルダやルビアがしくじっていれば、これでゲームは終了だ。

グフールの天幕に動きがある。果たして次のステージに進めるか？　俺は少し緊張した。

天幕から出て来たのは、二人の兵士だった。アルドリア駐留軍からの伝令の兵士とグフールの守備隊の兵士である。何やら話しながら、こちらに向かって来る。

「無理言ってすまんな。何しろ俺は、西門の警備に当たっていたからな。アルドリアの王女とやらは見られずじまいだったんだ」

伝令の兵士らしき男がそう言った。

グフールの警備隊の兵士は、下卑《げび》た顔で返事をする。

「ガキのくせにいい女だぜ。あんな何も知らねえようなガキを、いいようにしちまおうっていうんだから、俺も皇帝様になってみてえもんだぜ」

男の下品な笑い声に、リーアが震えている。

俺がリーアの肩を抱くと、リーアは決意の表情になり俺に頷いた。そして、俺と一緒にそっと天幕の裏側から這い出して男達に気づかれぬように、リーアの天幕に向かう。

リーアはさも今、自分の天幕から出て来たふうを装って男達の前に姿を現した。

グフールの警備兵は、リーアを見て伝令の男に囁く。

「な、言ったとおりだろ。こんな可愛らしい顔しててもよ、あと何日かすりゃあ、ドルメール様の女になるって訳だ」

「貴様!! リーア様に向かって無礼な!!」

侍女達が、礼儀をわきまえぬ物言いにその男の顔を睨む。

一触即発《いっしょくそくはつ》だ。だがリーアが、侍女達を制止する。

男はニヤニヤと笑いながら、侍女達を揶揄《やゆ》した。

「王女様は賢いぜ。面倒を起こして困るのは、そっちだからなぁ」

リーアは男を睨み、逆に冷静な意見を返す。

「そんなことをするつもりはありません。ただし今の言葉、ドルメール王の王妃の一人になる私への侮辱と捉えても、よろしいのですね？」

それを聞いた兵士はさっと青ざめ、軽く舌打ちをして情けない弁明をした。

「何もそんなつもりはありませんよ、王女様。ただね、こいつがアルドリアの王女を一目見たいって言いやがるから、連れて来ただけだぜ、俺は。おい、もう十分だろ、行こうぜ」

グフールの警備兵は、伝令の男と一緒に戻って行く。

警備兵はまたグフールの天幕に入り、任務を終えた伝令の男は再び一路アルドリアを目指して馬を走らせて行った。

俺はリーアの髪を撫でた。体を硬くして、必死に野蛮な男を睨みつけていた少女の体の力が抜けていく。

「どうやら上手くやったみたいだな、ミルダもルビアも」

俺の言葉にリーアも頷いた。

小さな手のひらで今、伝令の男がいた場所にある小さな円筒型の筒を拾う。俺達はリーアの天幕に戻ってそれを開けた。筒状に丸められた書簡が入っており、ミルダの字で一言だけ次の文言が書かれている。

『当方、依頼の二品を手に入れた』

ミルファールが顔を出して歓声を上げる。

「確かにミルダの字です。どうやら上手くやったようですね。ミルダも、ルビアさんも」

あの伝令はドルメールではなくアウロス、いや、おそらくは先代の王アファードの娘アイリーネに忠誠を誓った者の一人だろう。ミルダがアウロスの説得に成功し、そのアウロスが意を同じくする部下達を引き連れて、こちらの陣営に入った証拠だ。

そうだ。俺がほしかったものは、アウロス将軍と彼に従うドラグリア兵、それともう一つは……。

「出立するぞ!!」

俺達の天幕を取り囲むドラグリアの兵士達の動きが慌《あわただ》しくなってきた。どうやら、そろそろ二日目の移動が始まるらしい。

アルドリアから国境のアルース関所までは騎兵で三日、リーアの馬車を連れての移動なら五日ほどだ。順調に行けば、四日目の夜はアルース関所のかなり近くまで迫れるはずである。

そして、そこが決戦の場所になるだろう。

(ここからはルビアとアウロス、それから俺達の動き次第だな。アルドリア防衛に五千の兵を残して、実質は一万五千で四万五千のドラグリア軍を相手にする計算だ)

それにしても、ルビアの踊り子の姿は少し見てみたかった気がするな。

「そうですわね。それにしてもあのルビアさんが、ハルヒコさんの趣味で選んだあんなきわどい衣装を着て踊るなんて」

趣味とは失礼な。俺はあくまでも作戦成功のために最適な衣装をだな——。

うむ、他意はない！

（ああそうか、こいつには隠し事は出来ないんだよな）

相変わらず、俺の個人情報はミルファールにダダ漏れらしい。

リーアもクスクスと笑う。

「ルビアの不機嫌な顔が目に浮かびますわ」


さて、その頃アルドリア城では。

「くっちゅん!!」

ミルダがそのくしゃみを聞いて噴き出した。

普段、凛として澄ましているブロンドの女騎士のくしゃみが、ことのほか可愛らしかったからである。

「な！　笑うなミルダ!!　あんな格好で、踊らされたからこうなったのだ!!」

アウロスも肩を揺すって笑ってから真顔に戻り、天高くまで昇り始めている朝日を眩しそうに見上げて言った。

「さて、アルドリアの薔薇《ばら》よ。そろそろ始めるとするか、いくさの準備をな」

「ああ、そうしよう」

城下を流れる風が、ルビアの頬を撫でている。

アウロスの言葉に、美しいブロンドの騎士は静かに頷いた。


それから、数日の時が流れた。

アルドリアを発って二日目、三日目は何事もなかった。現在、俺達は四日目の移動の馬車の中にいる。今日の目的地が、アルルース関所に向かう最後の駐留地になるだろう。

そしてそこは決戦の予定地でもある。

それにしても……。

(なんでさっきからリーアは、あんなに離れたところにいるんだ?)

いつもは俺の隣にいることの多いリーアが、今日は対角線上の一番遠い場所に座ったままそっぽを向いている。

ミルファールが飛び出して来て、俺の耳元で囁いた。

「何かまた、余計なことを言ったんじゃないんですか？　ほらリーアさんの胸が、ミルダに比べたら存在してないのも同じだとか」

その言葉に、リーアが俺をジッと睨む。

おいちょっと待て、今言ったのは俺じゃないだろうが!!　犯人はこいつだ。

俺は飛び回るミルファールを捕まえる。

「きゃうん!!　またハルヒコさんの指が、わたしの胸を触ってます!!」

(おい……。お前の胸も存在してないだろ、ほとんどな)

俺は理由が気になったので、リーアの隣に席を移動した。するとリーアはビクンと体を震わせて、少し俺と距離を取るために細い腰を動かす。その銀髪からは、相変わらず百合の花のようないい香りがする。

ミルファールは、俺に体を掴まれたまま腕を組んで俺に囁いた。

「ほら、やっぱり嫌われてます」

リーアが、俺を睨むように見て呟く。

「まったく心当たりがないんだが」

「向こうに……。向こうに行ってください！　隣は駄目です！」

これは相当嫌われてるな。……一体何をしたんだ、俺は。

「駄目です……。匂いがします。二日も水浴びしていません……。リーア、きっと匂います」

もしかして、この二日体を洗っていないことを気にしているのだろうか？

最初の駐留地は湖畔だったが、そこから二日間は水辺での駐留地はなかった。飲み水は一日目に十分確保してあるが、体を洗うほどはない。不精《ぶしょう》な俺は気にならなかったが、王女にとって二日も体を洗っていないのは重大なことなのだろう。

「わたしは最初から分かってました。ハルヒコさんは鈍感《どんかん》だから、そんなことも気がつかないんです！」

ミルファールは責めるように言い、するりと俺の手を抜け出してリーアの肩に止まる。

(おい、嘘をつくな！　それに勝手に人の心を読むのをやめろ)

「……だから遠くに座ってたのに。向こうに行ってください！」

リーアは涙目になっている。これから命がけの戦いが始まるにもかかわらず、まったく女心は複雑だ。

俺はリーアの髪をクシャクシャっとすると、匂いをかいだ。

「！！！！」

リーアが、目に涙を一杯溜めて俺を睨みつける。確かに少し汗の匂いはするが耐えられないほどの臭さではない。むしろご褒美だと思う人間もいるだろう。

……念のために断っておくが、俺はロリコンではないぞ。

リーアが気にしているから、あえてやったまでだ！

うむ、他意はない。

「別に匂わないぞ。それにもし俺がリーアのお兄ちゃんなら、そんなことで嫌いになったりしないだろ」

リーアは真っ赤な顔で俺を暫く睨んでいたが、そっと俺の手を握って言った。

「じゃあ、特別に許してあげます……。でも、あんまり息を吸い込んだら駄目です！」

「……おい、俺を殺す気か？」

その時、馬車の窓から俺達と併走する騎馬が見えた。馬に乗る剣士が、御者に声をかけて馬車を止める。

その様子を見て、ミルファールは俺の体の中に姿を消した。

その剣士は、ほかの兵に命じて自分が乗って来た馬を連れて行かせた。そして、馬車に乗り込み御者にまた進むように命じる。

リーアが、その剣士に抱きついた。

「ヨアンさん!!」

「お！　おい、リーア。……困ったやつだな、お前は。私はお前の敵なのだぞ」

ヨアンはそう言って、黒いフードを取る。美しいが、大きく頬に傷が入った顔が露《あら》わになった。

リーアはすっかりヨアンに気を許しているようだが、俺はそうもいかない。

「何をしに来た？」

俺の鋭い眼差しに、リーアが俺の手をギュッと握り締める。

女は、俺を正面から見据えて言った。

「そろそろアルースの関所に近づく。念のためリーアの警護につくようグフールから命じられた」

（嫌がらせだな、これは……）

俺の表情を見て察したのだろう。ヨアンは怒りを抑えながら頷いた。

「そのとおりだ。ドルメールはそういう男だ。本来妾の一人になるはずだった私が、このような傷を作ったことを未だに許してはいない」

リーアがヨアンを見つめる。

「今回の遠征軍に同行させたのは、私と同じ境遇のリーアが苦しみ抜く姿を私に見せつけて、思い出させるつもりなのだ。私が国のために売られた、哀れな女に過ぎないということをな」

「そんな……」

リーアが瞳を伏せる。

「悪趣味な野郎だ……」

ヨアンが、一番苦しむことが何かをよく知っている。心情が分かり合える二人をわざと近づけて、おそらくヨアンの前でリーアを自分のものにするつもりなのだろう。

泣き叫ぶリーアを見て、苦しむヨアンの姿を楽しむために。

ヨアンは、黒く神秘的な瞳で俺に驚くべき提案をした。

「……隙を見てリーアを連れて逃げろ。私が手を貸す」

俺はヨアンの申し出をやんわりと断った。

「無理だな。これだけの兵に囲まれていては逃げ出しても直ぐに捕まる。それにグフールは、あんたがそうしようとすることを想定済みだ」

俺は馬車の外を指差す。明らかにさっきよりも警護の人数が増え、円を描くように騎兵が馬車を取り囲んでいる。

「それに、あんたなら逃げるのか？　もしリーアが逃げ出せばアルドリアの民を見捨てることになる」

ヨアンは、俺の言葉に唇を噛み、押し殺したように言う。

「そんなことは分かっている……。だが、それならばどうしたらいい‼　この子はまだ十二だぞ！

お前は分かっていない!! リーアにどれほどの地獄が待っているのか!!」

(ここまで来たら話しておいた方が安全だろうな。肝心な時にヨアンに予想外の動きをされても困る)

俺は無言のままリーアを促した。

リーアがコクリと頷く。

俺は本来ならここでリスクは冒《おか》したくなかった。だが、ヨアンの心に嘘はないだろう。リーアもそれを望んでいる。俺はゆっくりと口を開いた。

「ヨアン、あんたに話したいことがある」

「なんだ?」

黒髪の女が怪訝《けげん》な顔をした。

「リーアはドラグリアに渡すつもりはない。むろん、アルドリアもな。まずは四万五千のドラグリア軍を倒す」

ヨアンは目を剥《む》いた。

俺は続けた。

「そして俺はドルメールを、ドラグリア帝国をぶっ潰す!」

一瞬、ヨアンは俺が何を言っているのか分からないといったふうに沈黙した。

「……何だと、お前は何を言っている！　正気なのか⁉」

それからすぐにヨアンは俺に反論した。その手が、リーアの手を握り抱き寄せる。

「そのようなことが出来るはずがない！　自暴自棄《じぼうじき》になって死ぬのなら、リーアだけでも逃がすことを考えろ‼」

馬車がゆっくりと上下した。その振動の中で、ヨアンの瞳が俺の真意を探るように射抜いている。

俺もヨアンを静かに見つめる。

「もし出来るとしたら？　ドラグリア軍を倒し、ドルメールの帝国を崩壊させることが」

ヨアンがリーアの様子を窺った。

リーアは否定しない。

「……本気で言っているのか？　ハルヒコと言ったな、もし出来るとしたらどうやるのだ。にわかには信じられぬ」

俺はヨアンにこれからの計画を話した。

全てを伝え終えると、ヨアンが驚きに声を震わせた。

「そんなまさか……。だが、もし五万の遠征軍がアルドリアに壊滅させられたとしたら……」

ヨアンの黒く美しい瞳に希望の火が宿る。

「確かに、ドルメールの権威は大きく揺らぐだろう。どんなに汚かろうと、勝利こそ奴の力の象徴だからな。もし属国にするつもりだったアルドリアに、そこまでの敗北をすれば」

俺は説明を続ける。

「押さえつけていた国内の、そして多くの属国の不満分子が動き出す。そこに格好の旗印《はたじるし》を作り上げればどうなる？」

「……アイリーネ王女か？　賢王と呼ばれたアファード王の娘の」

ヨアンは身を乗り出した。

「そうなれば‼　我がアンファルも必ずアイリーネ様の旗の元に集《つど》うことだろう！！」

俺は頷いた。

「国内に二つの体制が出来上がれば、ドラグリアは内戦状態になる。ドルメールの直属の軍は約十二万。そのうちの五万を失えば残りは約七万だが、俺が調べたところでは先代王アファードに忠誠を誓う者は多い。ドルメールの権威が揺らぎ、アイリーネ王女が立ち上がれば、ざっと計算してもその中の二万はこちらに寝返る可能性は高い」

俺はヨアンとリーアに宣言するように言った。

「ドルメールが指揮できる直属のドラグリア軍は五万、こちらはアルドリア軍二万と新生ドラグリア軍が二万。後は属国としてドルメールに従っている国々が、この機に動けばこちらに十分な勝機があるだろう」

ヨアンは少女のように破顔した。その目からは涙が零れている。

「本当に……。本当に、救われるのか？　アンファルが、アンファルの民が」

呆れるほど不器用な女だ。こんな時でも、まだ自国の民の安否を一番に考えている。これほど全てを犠牲にしても、それでもなお。

(幸せだな……。この女が王女で。アンファルの民は)

ヨアンは肩を震わせて少しの間泣いてから、リーアの頭を撫でた。

「リーア、お前は幸せだ。お前のために、命を懸けてくれる者が沢山いる」

ヨアンは晴れ晴れとした顔になって言った。

「不思議な男だ。お前にそう言われると、こんな馬鹿げたことが本当に出来てしまう気がする」

それからゆっくり頬の傷をなぞり、改まって聞く。

「それにお前は私の傷を見ても、まるで何もないような顔をする。なぜだ？　男達は私を見ると、愚かな女と嘲《あざけ》るか、身の上を知って哀れむか、そのどちらかだと言うのに」

俺は肩をすくめる。

「なぜ、そんな必要がある？　あんたは、あんたでいるためにその頬を切り裂いたのだろう。ならその傷も含めて、あんただっていうことじゃないのか、ただそれだけだ」

ヨアンは笑った。

「ふふ……。ふふふ」

そしてリーアを抱き締めると、耳元で何かを囁いた。

リーアはヨアンを見上げて顔を赤くする。

「はい……。放しません」

俺はリーアに聞いた。

「なんだ、何を放さないんだ？」

ヨアンは俺を少し睨み、断言した。

「くだらぬことを聞くな。女が顔を赤らめて放さぬと言うものなど一つしかない」

「ヨアンさん！！！」

リーアが真顔でヨアンに怒っている。

（一体なんだっていうんだ？）

俺は溜め息を吐いて、馬車の外の風景を追った。決戦の地はもうそこまで迫っている。俺達の運命を懸けた戦いがこれから始まるのだ。

第十四話　計略

ハルヒコやリーアが最後の野営地に辿り着いた少し後。

国境付近の砦で一人の男が怒号を上げていた。

「馬鹿な‼　グフールとエドラスが死んだだと！！！」

ここはドラグリアとアルドリアの天然の国境、アルース山脈の中腹に位置する関所である。関所に作られた砦の中で、ランド・コーエルスは思わず呻いた。

目の前の傷だらけの兵士の鎧に刻まれた紋章は、エドラスの部隊のものだ。

「はい、そればかりか、黒鋼師団《こくこうしだん》は全滅……。今こちらに向かっているのは、グフール様の部隊ではありません。アルドリア聖騎士団です」

ランドは少しよろけた体を必死に支えると、兵士に低い声で尋ねる。

「なぜだ……。グフールほどの男が、そうやすやすと討たれるなど……」

ランド・コーエルス伯爵。

グフールと同じく、ドルメールが王になって頭角を現した残忍で冷酷な男だ。多くの国で罪もない人々を殺し、配下の兵士達は捕虜の女達を容赦なく慰み者にしてきた。ランドの名前を聞いて、震え上がる小国の民も多い。

黒鋼師団《こくこうしだん》を束ねるグフールと共に、今回の遠征の指揮を任された黒獅子師団《くろじししだん》の司令官である。

傷だらけの兵士は呻いた。

「……アウロス将軍の裏切りです」

ランドは声を荒らげる。

「なんだと‼　アウロスだと！！！」

兵士は頷いた。

「密使を送っていたのです、アウロスは。……初めからアルドリアのジームンド王と、裏で組んでいたのです」

夕闇が落ちかけたアルース関所の、砦の外に焚かれた松明《たいまつ》が大きく風に揺れる。兵士は続けた。

「アルドリアの王女が出立した直後、城下の西門を密かに開け、一万を超えるアルドリアの軍勢をグフール将軍の前方に回りこませると、城内に残った数千のアルドリア兵と共に東門のエドラス様を討ち取り、そのまま背後からグフール将軍をアルドリア本隊と共に挟撃に」

ランドは唸った。

「馬鹿な………」

「王女を連れて城下を抜けたばかりのグフール将軍の部隊は、突然の挟撃になす術《すべ》なく」

目の前の兵士も、深手を負っている。

「師団は完全に包囲されて壊滅。傷を負いながら逃げ延びた者もおりますが、ここに来るまでに、私以外の者は……」

ランドは叫ぶ。

「おのれ!! おのれ……。アウロスめ！！ 血迷いよって！！！」

先代の王アファードに深く忠誠を誓っていたアウロスは、ドルメールの残忍で非道なやり方に以前から苦言を呈していた。中将でありながら、一個師団ではなく旅団の団長に格下げをされたのはそれが原因だった。

（だが、根っからのドラグリアの武人……。まさか、アルドリアに通じるとは）

そういえばグフールからの伝令は、アルドリアが王女を引き渡し属国となることを受け入れたという数日前のものが最後である。

（これほどアルースに近づいているというのに、新しい伝令も送って来ぬとはそれが理由か!!）

遠くアルースの麓《ふもと》に見えるかがり火は黒鋼《こくこう》師団《しだん》のものではなく、アルドリア聖騎士団のものだとランドは悟った。

副官がランドに進言する。

「ランド様、どういたしますか？　ここは一旦引いてドルメール様にご報告されますか？」

ランドは、血走った目で副官の男を睨みつける。

「死にたいのか？　遠征軍のうち二万の兵を失い、目の前のアルドリア兵から逃げて帰って来たなどと皇帝陛下に報告して生きておられると思うのか！！！」

ランドの吼《ほ》えるような声に、副官は縮み上がった。ドルメールは敗北したものに容赦はしない。これほどの惨敗をアルドリアに喫《きっ》したとなれば、師団の責任者達は処刑をまぬがれないだろう。

「……支度をしろ。今すぐに全軍三万で、麓にいるアルドリア軍を叩く!!」

ランドの指令を受けて、直ぐに三万のドラグリア軍はアルースの山を下りて行った。


麓につく頃にはすっかり夜も更け、月明かりが辺りを静かに照らしていた。

駐留地が見えてくるとランドは呻いた。

一見ドラグリア軍を装っているが、一際大きな天幕の周りにはかがり火が焚かれ、アルドリアの旗が何百も照らし出されている。それがハルヒコによって、騎兵の槍の代わりに持ち込まれたアルドリアの旗だとはランドは知らない。

「愚か者め。ドラグリア軍を装い、アルースで我らを討つつもりだったのだろうが、そうはさせんぞ。あのような目立つ旗を立てておれば一目瞭然だ」

「ランド様、奴らの様子が変です!!」

駐留地に近づくにつれ、ランドとその配下の兵士達は異変を感じとった。そこから怒号が聞こえるのだ。

「おのれ気づかれたか！！！」

ランドとアルドリアの駐留地を挟む小さな林を抜けて、数千規模の騎兵がやって来た。騎兵達の先頭に立つ男がランドを見つけて笑った。

「よく来たな、ランドよ。グフールもエドラスも死んだぞ。お前にもすぐ後を追わせてやろう」

アウロスである。黒い槍ではなく、以前アファードに仕えていた頃と同じ白い槍を手にしてランドの前に立ち塞がった。

「おのれ!! おのれアウロス！！！ 貴様、生かしてはおかんぞ!! この裏切り者が！！！」

ランドは目を血走らせて三万の軍勢に一斉に突撃を命じた。

アウロスはランド達の出方を確認すると、もう一度林に入り姿を消す。

「構わん!! 殺せ!! 目の前の軍勢を皆殺しにしろ！！！」

ランドとアウロスが激突する戦いから、話は四日前までさかのぼる。

アルドリア城下での酒宴の直後、ルビアはこの百騎の騎士達に命じてアルース関所に急ぐように伝えた。騎兵達はグフールを追い越して先にアルースに辿り着くと、麓で人の往来を監視していた。グフール側からランド側へやって来るはずの伝令を秘密裏に始末するためだ。それはグフールの黒鋼師団《こくこうしだん》がアルースに近づいているにもかかわらず、なぜ伝令が来ないのかとランドに猜疑心《さいぎしん》を植えつける目的があった。

そして決戦の前夜、アルドリア騎兵一万五千を率いたルビアが到着した。グフール達の目を盗み、闇に乗じ別のルートからアルース関所に向かっていたのだ。

ルビアは、森の中に潜むよう兵士達に命じ、アルドリア軍の鎧とは違う黒い鎧に身を包んだ五千の兵を一眺《いっちょう》した。

それは黒狼旅団《こくろうりょだん》と黒弓旅団《くろゆみりょだん》の兵士から奪った鎧だ。無論、彼らはアルドリア聖騎士団の騎士達である。一部はアウロスと運命を共にした黒狼旅団《こくろうりょだん》の兵士も混ざっている。

その先頭に立つ虎のような迫力を持つ武人はアウロスだ。

「アウロス殿、貴殿の任務が一番危険だ。死ぬかもしれんぞ」

ルビアは包み隠さずに打ち明けた。

アウロスは朗《ほが》らかに笑う。

「舐めるなよ、小娘が。ワシはそなたが赤ん坊の頃から、幾度も戦場を駆けておったのだからな」

凄みのある本物の武人の笑みに、ルビアも笑顔で返す。武人にしか分からぬ心持ちがあるのだろう。

そしていよいよ決戦の夜。アウロスの指示の下、エドラスの配下の兵士に扮《ふん》した男を巧みにアルースへ潜入させる。ランドに麓の軍勢を、アルドリア軍だと錯覚させるためだ。グフールを倒して装備を奪い、ドラグリア軍に偽装《ぎそう》したアルドリアの軍勢だと。

それからアルース関所を見張っていたルビアと百騎の騎兵は、ランドの陣営に動きがあるのを確かめた後、急いで山を下り全軍に指令を出した。

グフールの駐留地への攻撃命令である。

ルビアは両腕を縛られた男を馬に乗せ、アウロスに渡す。

「これはグフールに対する土産だ、連れて行け」

アウロスは男を見て頷くと、先陣を切ってグフール軍に突撃を開始した。

ドラグリアの旗と装備を身に着けた軍勢による、突然の奇襲にグフールの軍は混乱した。

そしてその阿鼻叫喚《あびきょうかん》の渦の中を、グフールの天幕に向かって奇声を発しながら走って行く男の姿が見える。

「アウロスの裏切りだ!!　アウロスがアルドリアに寝返ったぞ！！！」

兵士の一人が、その男の顔を見て驚きの声を上げる。

「エドラス将軍！！！」

それはアルドリアの城下を固めているはずの、黒弓旅団《くろゆみりょだん》の将軍エドラスだった。

アルドリアでの酒宴の際捕らえられ、ルビアの手によってここまで連行されたのだ。

兵士達はエドラスの叫び声を聞いて、次々と剣を取る。

「アウロス将軍の裏切りだ！！！」

さざなみのように、その知らせはグフールの軍勢に広がっていった。

グフールの兵がそんな大混乱に陥る中、ルビアと黒い鎧を着た五千の兵士は、アウロスと共に、残りの一万の兵を引き連れて駐留地の奥に切り進んでいく。

「リーア様！！！」

かがり火に照らし出されたアルドリアの旗の中央にある天幕の中に入ると、美しい少女と今回の作戦の首謀者が立っていた。銀色の髪が炎の明かりで煌いている。

ルビアは駆け寄り、その少女の体を強く抱き締めた。

「ルビア!!」

リーアは幼い体を震わせて、目の前の騎士の熱い抱擁《ほうよう》に応えた。

◇

そうして再会の喜びを暫し分かち合った後、ルビアは俺に首尾を報告する。

「ハルヒコ！　アウロスが送った間者《かんじゃ》は上手くやった。もう直ぐアルースから、ランドが率いる黒《くろ》獅子師団《じししだん》が下りて来るぞ!!」

俺はルビアに次の動きを伝える。

「急ぐぞルビア!!　すぐに撤退を始めろ!!」

今回の突撃の目的は、敵の殲滅《せんめつ》ではない。むしろ、グフールの兵力を減らすことは避けねばならない。なぜなら奴らには、やってもらわなくてはならない仕事があるからだ。

ルビアは、リーアを抱き締めたまま俺に頷いた。

しかし、この時初めて近くにいたヨアンに気づき、ルビアはすぐさま剣を抜いた。

「貴様!!　なぜここにいる!!　ハルヒコ、一体これはどういうことだ!!」

(まあこうなるよな……。しかし、のんびりと説明をしている暇はないぞ)

「安心しろ、ヨアンは味方だ。詳しい話は後でする。今は急いで撤退するのが先だ」

リーアがルビアに肯定の意を示す。

それでもブロンドの騎士は気を抜かず、黒髪の女に釘を刺す。

「もし、妙な動きをしたら問答無用で斬る。覚悟しておけ」

ヨアンは涼しい口調で返答した。

「お前に私が斬れるならな。それにリーアは私が守る。お前は安心して自分の仕事をしろ」

ルビアが、俺に視線を移す。ヨアンの発言の真偽を確認するためだろう。

俺は静かに頷いた。

◇

「分かった、ハルヒコが信じるのなら私もお前を信じよう」

ルビアは天幕の外にある馬に跨《またが》り、アルドリアの一万の軍勢を鮮やかに指揮する。アルドリア軍はその命に従って、アウロスの部隊を残す形でグフールの軍の反撃を恐れる体《てい》を装い、徐々に後ろへ下がっていく。

「殺せ!! 裏切り者のアウロスを許すな!! 奴を殺せ！！！ 奴らを皆殺しにしろ！！！」

グフールの陣中から声が上がる。エドラスから事情を聞いて、頭の中を煮えくり返らせたグフールが叫んでいた。

王女を手に入れ、アルドリアを属国にした立役者として意気揚々と凱旋《がいせん》するはずだった。ところがこのままでは、ドルメールに合わせる顔がない。

アウロスは未だ態勢が整いきれていないグフールの軍の陣中に、自身の部隊で何度も突撃を仕掛け時間を稼ぐ。その動きは、まるでグフールの軍を嘲るように戦場慣れした優雅なものであった。

しかし次第に、不意を突かれた形になっていたグフールの軍勢が形を成してアウロス率いる五千の兵と激戦を繰り広げていく。

アウロスも上手く部隊を後退させながら、予《あらかじ》め決めていた目的地にグフールの兵を誘導する。

◇

俺はすでに、この辺りの地形を全て把握済みだ。戦いの場となる国境一帯の土地の情報を知っておくことは軍事上の重要事項である。詳細な地図をアルドリアの地下の図書館で確認した上でミルダに作戦を伝えていた。

ルビアもアウロスも、その作戦をミルダから聞いているはずだ。

態勢を崩したまま押し寄せるグフール軍をアウロスの部隊は冷静に観察しながら反転して一気に撤退を始める。

ドラグリア有数の騎兵旅団だった彼らの機動力はまさに疾風《はやて》の如くである。この陽動で失った兵がごくわずかなのは、この一団が老練な将アウロスに付き従う歴戦の兵《つわもの》達ゆえだろう。

「おのれ!!　逃がすな！　殺せ!!」

グフールの軍勢から兵士達の怒号が響く。

それを尻目にアウロスの騎兵部隊はグフール軍の駐留地の外れにある、鬱蒼《うっそう》とした林の中に突き進んで行った。

松明の火が林の中で揺れながら駆けてゆく。

混乱と怒りに我を忘れたグフールの黒鋼師団は猛り狂ってその炎を追った。

その頃には俺を含むアルドリアの一万の兵は完全に撤退し、アルース関所からやや離れた山道の裏の森に潜んでいた。

「そろそろだな……」

砦を出たランドの黒獅子師団《くろじししだん》がその山道を下りて来るのが見える。ルビアが命じた偵察隊が、今頃アウロスにもその動きを伝えているだろう。

俺達が身を隠す森よりも前方に見える山道にランドの軍が到着すると同時に、ランドの目の前の林からアウロスの部隊がその姿を現した。

アウロスは黒い鎧に身を包んだ数千の騎兵を連れてランドに対峙する。

「よく来たな、ランドよ。グフールもエドラスも死んだぞ。お前にもすぐ後を追わせてやろう」

もちろんこれはランドを挑発をするための嘘の台詞だ。アウロスはアファードに仕えていた頃と同じ白い槍を手にして、ランドの前に立ち塞がる。

ランドは、目を血走らせて吼えた。

「おのれ!! おのれアウロス！！！ 貴様、生かしてはおかんぞ!! この裏切り者が！！！」

ランドは、三万の軍勢に一斉突撃を命じた。

アウロスは、ランドの黒獅子師団《くろじししだん》が慌しく向かって来るのを見ると、もう一度林に入り姿を消す。

「構わん!! 殺せ!! 目の前の軍勢を皆殺しにしろ！！！」

ランドが命ずると、兵隊達の怒号が地面を揺らすほど膨れ上がる。

鬱蒼《うっそう》とした夜の林の中で数万の軍勢がぶつかり合う音が、地鳴りのように響き渡っていた。

怒り狂ったグフールの黒鋼師団《こくこうしだん》と、ランドの黒獅子師団《くろじししだん》が正面から戦っているのだ。もちろん、お互いにそれとは知らずに。

完全に両軍とも頭に血が上っている様子で、次々と兵士達は斬り合い倒れていく。

どちらの軍勢の兵士達も、異国で女子供さえ容赦なく殺してきた連中だ。その獰猛さと残虐さを今初めて、互いに味わっていることだろう。

暫く戦場の様子を見守った後、ルビアは俺に囁いた。

「ハルヒコ、そろそろか？」

俺は黙ってルビアを手で制する。

まだ足りない。ランドにもグフールにも、もう少し互いの手勢を減らしてもらう必要がある。だが数の少ないグフールの軍が、ランドの黒獅子師団《くろじししだん》の突撃に押されて持ちこたえられなくなったら勝機はない。

心臓が大きく鼓動している。タイミングを間違えば、死ぬのはこっちだ。

その時、俺達が潜む森の中にざっと黒い騎兵達が現れた。

数千はいるだろうか。

リーアが小さく悲鳴を上げたのを察して、ヨアンがその口をさっと手で塞ぐ。

「安心しろ、アウロスだ」

俺はそう言うと、馬に乗る老騎士に頭を下げる。顔は知らなかったが、その老騎士から放たれる突き抜けたオーラは並ではなかったので、俺には彼が何者かすぐに予想がついた。

まさしく歴戦の将軍である。

ランドの軍とグフールの軍に挟まれるわずかなタイミングを見計らい、林を横切って無事に切り抜けたのだろう。その作戦は伝えてはあったが、実際にやってのけるとは、さすがと言わざるを得ない。

「お主がハルヒコか。まあいい、挨拶は後だ。そろそろ頃合だと思うが？　アルドリアの軍師殿」

「ああ、そうだな」

俺は頷いた。

ルビアは俺の言葉を聞くと剣を振り上げ、突撃の号令を全軍に伝えた。

第十五話　決着

ルビアの号令と共に、アルドリアの全軍がランドの軍勢に背後から突撃する。

「何だと!!　伏兵だと！！！」

ランドは驚愕《きょうがく》した。後列の兵士達が一気に崩れる。

「おのれ！！！」

ランドは自分達が囲まれたことを知り、全軍に指令を出した。

「正面突破せよ!!　目の前の兵士どもを皆殺しにして、正面に抜けるのだ!!」

後方の部隊が完全に崩れてしまっている今、ランドとしてはその手段を取るしかなかった。彼らは正面に活路を見出《みいだ》さんと、グフールの軍に対して強行突撃を始める。

ランドの軍勢の圧力に、グフールも死に物狂いで応戦した。直ぐには前方に抜けられず、ランドの軍勢は前後から激しい挟撃を受ける。

その結果、氷が溶けるようにゆっくりとグフールとランド双方の軍勢は壊滅していった。

「……馬鹿な」

ランドがそう呻いた時だった。

アルドリア聖騎士団を束ねる白く美しい女が、後方から馬に乗って駆けて来た。

ルビア・アルファイラだ。

それはアルドリアの薔薇《ばら》と呼ばれる女だった。

「おのれ……。おのれぇええええ！！！」

傷だらけになった剣を振りかざした瞬間、疾風《しっぷう》のごとく突撃して来たルビアの剣によって、ランドの首は虚しく胴から切り離され空を舞っていた。


激しい戦いの一夜が明けた。

「何なのだ？　一体何なのだこれは……」

空が白み始め、夜が明ける少し前の静寂の中でグフールは、疲労困憊《ひろうこんぱい》した体を剣で支えていた。

◇

目の前には、夥《おびただ》しい数の死体が転がっている。

無敵と呼ばれ、多くの国で恐れられてきた兵士達だ……。

（これは夢か……。俺は悪い夢でも見ているのか？）

俺は、剣を杖にしながら前に進む。

（ランド、貴様……）

そこにはアルースを押さえていたはずの、ランドの変わり果てた姿が転がっていた。

「おのれ！！！　おのれぇえええええ！！！」

血走った目で周りを見渡した。

すると前方に白い、まるで戦女神のような女が立っていた。

「……貴様‼　ルビア・アルファァイラ！！！　おのれ貴様が‼」

「生きていたか、グフール。いいだろう、相手をしてやろう」

女は水が流れるような自然な動作でレイピアを構える。

その落ち着きはらった静かな瞳が、俺の怒りに火をつけた。

「殺してやる……。貴様だけでも殺してやる！！！」

大きく剣を振りかざしてグランドクラッシャーを放つ。多くの人間を殺すことで編み出した必殺の技だ。

地面が割れ、女を衝撃波が襲う。

だが次の瞬間、俺は目を奪われた。

（ばかな……）

信じれらない光景が網膜《もうまく》に映る。女は俺の放った必殺技の衝撃波を踏み台にして宙を舞ったのだ。

女の剣の一閃が俺の肩口を浅く切り裂く。

「うぐぁあああああああ‼」

噴き出す鮮血に俺は叫んだ。女が、ゆっくり近づいて来る。

「痛いかグフール？　お前達が今まで殺してきた、罪もない人々の痛みはこんなものではない」

天から舞い降りた断罪者のように、女は冷徹な瞳を光らせた。

（負けたのか？　アルドリアごときに、無敵のドラグリア軍が……）

だとするとまさに喜劇だ。

（俺とランドを戦わせ、そして頃合を見計らいランドの黒獅子師団《くろじししだん》を後ろから叩く）

もし奴らが王女を渡さずに討って出たのであれば、その時アルドリアに対して仕掛けるはずだった戦法を使って、こちらの軍を壊滅させたということになる。

しかも、味方同士で挟撃したのではない。ランドを包囲するために、敵である俺を騙してまんまと利用したのだ。

……もしこんな戦法を編み出せる奴がいるとしたら、そいつは神か悪魔だ。

黒い執事姿の男が、前方からゆっくりと近づいて来る。アルドリアの王女に同行していた男だ。

「お前か……」

誇り高いアルドリアの女騎士が、その男の側に付き従うように立つのを見て、俺は全てを悟った。

「おのれぇぇぇぇぇ!!!」

渾身《こんしん》の力で剣を振り下ろした。この男だけは、この手で殺さなくては気がすまない。

(絶対にコイツだけは殺す‼)

俺の執念が、先ほどとは比べ物にならない威力の衝撃波を生み出して大地と大気を切り裂いていく。地割れのように崩れていく地面の上で、ブロンドの女剣士が叫んだ。

「ハルヒコ、気をつけろ! こいつは捨て身だ‼ お前を狙っているぞ‼」

その苛烈な攻撃を二人はかわしながらも、バランスを崩した女剣士の方がその男から離れる。

俺はほくそ笑んだ。

もう遅い！　こちらの勝ちだ。

猛然と男に突進して剣を振るう。渾身の一撃だった。生涯でこれほど見事に振り切った一撃はない。

「死ねぇぇぇぇぇ！！！」

死神が振るう巨大な鎌のような真空波が、大地をズタズタに破壊していく。

そして、その先にある男の黒い影を切断した。

（勝った……。俺はこの男を殺した！　アルドリアはこれで終わりだ！　この男が軍師でなければ勝てるはずがない、ドルメール様に滅ぼされるがいい!!）

ところが――！

男の姿は視界から忽然《こつぜん》とかき消えていた。

代わりに俺の胸から鮮血が溢れている。

何ということだろう。いつの間にか男の拳が胸に突き刺さっているではないか。

「馬鹿な……。そんな馬鹿な……」

俺は叫んでいた。こんなことがあるはずがない。あれは完璧な一撃、生涯で最高の剣だった。

（見えたとでもいうのか？　俺の太刀筋の全てが、見えていたとでもいうのか!!）

俺が切り裂いたのは、この男の残像だ。

剣を振り下ろす瞬間のわずかな隙を狙って移動したに違いない。剣の軌道《きどう》を変えさせないために、わざとギリギリまで引きつけて。しかも横ではなく斜め前に進むことで、襲い掛かる衝撃波の範囲を最小限に抑えたのだろう。

(一度見ただけで！　技の弱点まで見抜いたのかこいつは!!　化け物め!!)

俺は血を吐きながら、男の体に剣を向ける。

(ドルメール様の為にこいつは、こいつだけは殺さなくてはならぬ!!　この命に代えても!!)

最後の力を振り絞って、男を剣で突き刺そうとした。しかしその瞬間、俺の胸は貫かれていた。

黒い髪の女が、いつの間にか背後に回り込んでいる。

「ヨアン、貴様……」

「グフール、この男は殺させない」

俺は血を噴きながら、二人の女と男を睨んだ。

ヨアンは、俺を静かに見つめて言った。

「安心しろ、いずれドルメールも送ってやる。お前が寂《さび》しくないようにな」

俺は笑った。いずれにせよ、勝ち誇っているこいつらも直ぐに死ぬことになる。ドルメール様に敵う者など、この世界にいるはずもないからだ。

(ふは！　ふははは!!　馬鹿が、出来るものかそんなことが。……愚かな連中だ、どうせ貴様らも死ぬのだ。ドルメール様の手によってな！！！）

自らの胸の内の叫び声が、まるで遠くで吼える狼の声のようにぼやけて聞こえる。

（死ぬのか、俺は……。こんなところで……）

俺は大地にくずおれ、あがくように土を掴むと黒い闇の中に落ちていった。

ドラグリア暦二七六年、アルドリア暦二五四年。

後にアルースの決戦と呼ばれる戦いは、ここにアルドリアの勝利で幕を下ろした。

第十六話　フェレト神殿

アルースの戦いに勝利した後、俺達は即座にドラグリアとの国境を越え、アイリーネ王女がいるフェレトの神殿に向かった。

ドラグリアの兵士に扮し、リーアを護送するふりをしながら、翌日の夕方にはフェレトに辿り着く。あと少し行けば神殿である。

アウロスはその間にも、配下の者を使ってドラグリア全土に密書を撒いた。神殿へはもちろんだが、先王アファードに忠誠を誓っていた者、そしてドラグリアの属国になった国の王に向けてである。

近隣の貴族の中には、もうフェレト神殿に集まっている者もいると、早馬に乗って帰って来た兵士が俺達に報告した。アルドリアを守るミルダも、今頃は連絡がつく近隣の国に使いを出している頃だ。

俺がこの戦いの前に手に入れたかったものが二つ。

一つは歴戦の将である武人アウロス。

そして、もう一つはアウロスが持つ知識と人脈である。

戦いにおいて、最も大切なものが人と情報だからだ。ここからは時間との勝負になる。

ドルメールにアルースのことが伝わる前に、こちらの体制をある程度固めなくてはならない。

また、ここでヨアンは一度俺達と別行動することになった。

「私はアンファルに行く。そして皆を説得する。アルドリアやアイリーネ王女と共に戦うように」

リーアが涙を浮かべてヨアンを見る。二人は抱き合って別れを惜しんだ。

「ヨアンさん、どうかご無事で。また会えますよね？」

ヨアンは、妹に接する姉のように穏やかな笑みを浮かべた。

「もちろんだ、リーア。ハルヒコを誰にも取られるなよ」

俺は首を傾げる。

(どういう意味だ？　今さら俺は、アルドリアを裏切るつもりはさらさらないんだが)

リーアは、顔を真っ赤にしてヨアンに抗弁する。

「もう！　ヨアンさん!!　それは秘密にする約束です!!」

ヨアンは笑いながら馬を走らせた。

リーアはそれを見送って、ルビアの胸に顔を埋める。

そんなやり取りをかわした後、リーアと俺は、また馬車に乗り道を揺られていく。

暫く経つと、フェレト神殿が見えてきた。リーアは疲れたのか、その頃にはクークーと可愛らしい寝息を立てて眠っていた。

神殿とはいうものの、その堅固さはまるで城塞だ。アウロスがアイリーネ王女を匿《かくま》うために預けた、先王アファードが篤《あつ》く信仰していた大地の女神ファンリエラの神殿である。

アルドリアの地下図書館の資料で読んだ限りでは、信徒達が異教徒の侵入を防ぐために城塞都市を築いたと書いてあった。それならば、新生ドラグリア王国の都に相応しいだろう。

(この世界の住人ではない俺にとっては、神といってもピンとこないが……、精霊族の一人か？)

気に入らない奴だが、精霊王は世界をぶっ壊せるほどの力がある存在だ。おそらく、ファンリエラという女神も、上級精霊である精霊王の眷属《けんぞく》だろう。

ミルファールが、俺の肩の上に乗る。

「ファンリエラ、懐かしいですわ。お父様とは犬猿の仲でしたけど、わたくしの叔母様《しゅくぼさま》です」

神殿の前だからなのか、ミルファールの口調がかしこまっている。

（おい……。ということは、精霊王の妹ってことかよ!!）

ミルファールが肩をすくめる。

「安心してください。精霊界と人間界には壁がありますから、それほど恐がる必要はありません。でも少し頑固な方なので怒らせないように気をつけてくださいね」

（いつか言っていた精霊界と人間界の垣根ってやつか……。今のところ、人間界には干渉しないルールらしいからな）

そういえばジームンドのことも気になるな。

「なあミルファール、お前も永遠のエルフの女王、麗しのミルファールとかいう精霊だった訳だろ？　どうやって人間のジームンドと出会ったんだよ」

例のミルファールの自己紹介のくだりは、完全に棒読《ぼうよ》みである。幼女の姿のミルファールが、羽をパタパタさせて頬を膨らませる。

「今ハルヒコさん、わたくしを馬鹿にしませんでしたか？　永遠のエルフの女王、麗しのミルファールとかいう精霊って……。何ですか、その言い方。失礼じゃありませんか！」

(結構するどいな。まあしかし、いつもは必要がないところで自分でそう宣伝してるだろ)

「ああ悪かったって。それよりジームンドとのことを教えてくれよ」

そう俺がしつこく尋ねると、ミルファールは俺の周りをモジモジしながら飛び回った。

それからもったいつけて手を胸にあてたり、細く可憐な体をくねらせたりしている。

「聞きたいですか?」

「ああ」

「本当に聞きたいですか?」

「ああ……」

「本当に本当に聞きたいですか?」

「ああ……」

「本当に本当に本当に聞きたいですか??」

「ああ………。やっぱりやめとくわ」

ミルファールが、さっきよりもさらに頬を膨らませる。

「ちょっと! 何なんですか、それは!!」

(ジームンド王……。俺、やっぱりあんたを尊敬するわ)

目の前でいじけたふりをする幼女が大人になった姿を想像すれば、こいつが麗しのミルファールとやらの頃は絶世の美女だったのは分かるのだが。

……俺にはちょっと荷が重過ぎる。ここは、さすがジームンドと言わざるを得ない。

ミルファールは俺をちょっと睨むと、こほんと咳払いをした。

「いいですか、あれはわたくしがまだ永遠のエルフの女王、麗しの……」

ミルファールがおもむろに青春の一ページを語り始めた丁度その時、俺達は城塞都市の入り口に辿り着いた。

「悪い、ミルファール。やっぱりその話、また今度にしてくれるか？」

城門が開く中、ミルファールは可愛らしいほっぺたを最大限に膨らませて、そっぽを向いた。

「もう知りません!! 絶対ハルヒコさんには教えてあげませんから!!」

俺が悪いんじゃない。さんざんもったいぶるからだ。

リーアを揺すると、ミルファールを見て「こんにちは妖精さん」と、むにゃむにゃ挨拶をしている。その無邪気な様子に、ミルファールも少し機嫌を直したらしい。

神殿の人間達はアウロスから既に、知らせを受けているはずだ。澄み切った水のように青く美しい髪の女性が、開いた城門の一番手前で待っている。

こちらの姿を目に留めると急いで走って来た。

「何処なの！　アウロス!!　アウロス!!」

どうやら、あれがアイリーネ王女のようだ。

アウロスは馬で王女の側まで走り、直ぐに下馬をして膝を突き王女に一礼する。

青い目が印象的で、いかにも清楚な雰囲気の女性だ。忠臣の帰還に安心したように一息ついた後、俺達を冷たく眺め渡した。そして躊躇いもなく俺に近づいて来ると、澄んだ青い目で俺を一瞥する。

「貴方がハルヒコですね？」

「ああ、そうだ」

次の瞬間、青い目の王女はいきなり俺に平手打ちをした。


ルビアとリーアが、不機嫌極まりない顔をしている。

俺達はアイリーネ王女の手痛い歓迎を受けた後、フェレト神殿の中に通された。

（……まあ痛かったのは俺だけだが）

ここはアファードの治世に手厚く保護を受けた神殿であり、アウロスがアイリーネを預けた場所だ。つまり先王アファファード派の根拠地とも言える。

元々ドルメールのやり方に反発をしていた神殿の神官達は、アルースでの俺達の勝利を知り喜んだ。アイリーネ王女を女王とした新生ドラグリア王国の建国にも協力するという書簡をアウロスに送り返してきた。

ここにいる間も、常にドルメールからの脅威を感じていたアイリーネ王女自身は、その話を受け入れると書簡にサインをしている。本来なら建国に、なんの問題もないはずなのだが。

俺は王女に打たれた頬をさする。

目の前には、おそらくファンリエラであろう女神が象《かたど》られた彫像がある。そういえば、どことなくミルファールに似ていないこともない。

(まあ、ミルファールからしてみたら叔母なわけだから当たり前か……。しかし精霊界と人間界には垣根があるわけだろ？　一体いつ見たんだ、これを作った奴は)

俺はそんな疑問を覚えながら、その大きな彫像の周りを歩く。

(やっぱり今度、ミルファールにジームンドとの出会いについて真面目に聞いてみるか)

神殿に着く前、頬を風船のように膨らませてぷりぷりしていたから、もしかするともう教えてくれないかもしれないが。

「お兄ちゃん……。座ってください」

リーアの声が、いつもの二オクターブは低い。

「ああ……。座れ、ハルヒコ」

ルビアも同様だ。

美女と美少女の有無を言わせぬその迫力に、俺は黙って用意された席に座る。

「まあそんなに怒るなって二人とも」

俺のその言葉に、まずリーアが爆発した。

「怒るに決まってます!!　みんなの前で、お兄ちゃんを叩いたんですよあの人！　それに身分をわきまえよ、跪《ひざまず》けって!!」

俺は肩をすくめて言った。

「当然だろ、俺は王族でも貴族でも何でもない、ただの平民なわけだからな」

ルビアが俺の言葉に、近くのテーブルを叩く。

「アウロスの書簡からお前のことは伝わっていたはずだ。アルドリアの勇者としてな。そのお前に跪けと言うのは、アルドリアに跪けと言うのと同じことだ！」

その時応接間の扉が開いて、アウロスとアイリーネ王女が入って来た。アイリーネは何も言わずに、俺達がいる大きな白い石製のテーブルの前に座った。

清楚な美貌が、俺達三人を静かに見つめている。

リーアとルビアが、怒りに燃えた眼差しをアイリーネに向けた。

すると先ほどまでの毅然《きぜん》とした態度と打って変わってアイリーネの瞳に、じわりと涙が浮かんだ。

さらにその口から、ぐすっとしゃくり上げるような声が漏れ始める。

「え？」

「なに？」

リーアとルビアが、気の抜けた表情になった。

「アウロス……。睨むのです。リーア王女と、アルドリアの薔薇《ばら》がわたくしを」

そう言って、隣にいるアウロスにアイリーネは抱きついて泣きべそをかいている。今年で十六歳と聞いたが、ルビアに睨まれれば恐ろしいだろう。俺でも命の危険を感じることがあるからな。

アウロスが、苦虫を噛み潰した顔で俺を責めた。

「まだ伝えていないのか、ハルヒコ殿。お優しいアイリーネ様にあのような真似をさせたのは全てお主ではないか」

リーアとルビアが、俺を見つめる。

「すまないな。ああでもしないと、納得しない連中もいるからな」

アルースの戦いで、ドルメールの直属の配下であり、国内でもその残忍さと強さを恐れられていた二つの師団を壊滅させた勇者がいるという噂は、アウロスの密書を読んでここに集まった連中にはもう広まっている。

アルドリアの勇者。

聞こえはいいが、現実は作戦を練り、皆の力で勝利を得たに過ぎない。噂には必ず、尾ひれが付くものだ。

中にはアイリーネではなく、俺を新しい国の王にと言い出す連中まで現れたとアウロスには情報が届いていた。それでアウロスと相談して、王女に前もって書簡を送り一芝居打ったわけだ。

もちろん俺は最初から平手打ちされることは知っていたが、ルビアとリーアにそれを知らせなかったのは、二人にリアルな反応をしてもらう必要があったからだ。この城内の兵士にもそれを見せつけるために今まで黙っていたわけである。

俺はそのことを、リーアとルビアに説明した。

「もし仮に俺が王となったとしても、その正統性をドルメールは必ず突いてくる。そうなれば、いずれ俺達に勝ち目はなくなるだろう」

ルビアは俺を見て頷いた。

「だからか！　あれほど派手に、王女に服従するさまを見せつけたのは!!」

俺は頬を撫でながら言った。

「まあ今頃は平手打ちを喰らった勇者が、我らの王女に服従したと大騒ぎになってるだろうよ。誰が頂点にいるのか、はっきりさせないとな。にしても……。力入れすぎだぜ、王女様。まだヒリヒリする」

アイリーネが、俺を睨んで怒ったように言う。

「アルドリアの勇者は意地悪です……」

リーアが、バンッと机を叩いてアイリーネに同意した。

「分かります！　お兄ちゃんは、時々すごく意地悪です!!」

「ああ、否定は出来んな」

ルビアである。

続いてミルファールが飛び出し、リーアの肩に下り立ってさらにその尻馬《しりうま》に乗る。

「そうです！　わたくしがせっかくとっておきの思い出を話してあげようとしたのに、とっても意地悪でした!!」

……どうやら俺の周りの女に、俺の味方はいないようだ。

すっかり俺の悪口で盛り上がっている女子達を見ながら、アウロスがそっと席を立つ。俺はそれを横目で確認すると、ルビアにさりげなく耳打ちをした。ルビアは大きく目を見開いたが、すぐに真剣な顔になる。

「分かった。後で必ず私も行こう」

リーアとアイリーネはすっかり打ち解けて、楽しそうに話をしている。俺は少し席を外すことを二人に伝え、応接室を出た。それからある場所へ向かう。

それは神殿の奥のアファード王の絵画が飾ってある一室である。

この神殿に来る時はおそらく、アファード王はこの部屋を使っていたのだろう。暗い部屋の中で俺は、アウロスがその大きな絵の前に座っているのが微かに見えた。

「ハルヒコ、お主か？」

俺は何も言わずにアウロスの側まで歩くと、アファード王の描かれた絵の近くに立つ。

アウロスはじっと王の絵を見たまま、腰元の短剣を抜いた。

「最初からあんたは、こうするつもりだったんだな」

俺はアウロスを見ずに言った。

アウロスは同意の笑みを浮かべる。

「お主の目は誤魔化せんな。もうワシがおらずともお主がいる。リーア王女やアルドリアの薔《ば》薇《ら》も」

神殿の中を透明な静寂が流れていく。

老将は記憶を手繰《たぐ》るように目を細めた。

「陛下は太陽のごときお方だった。獅子のように雄々しく、まるで伝説の中の英雄と共にいるかのような高鳴りを、我らに与えてくださった」

俺はただ黙ってアウロスの言葉を聞いていた。

「夢を見ていた、見果てぬ夢を。アファード陛下がこの地上に永遠の平和をもたらす。そう信じていたのだ」

(この男にとっては死ぬよりも苦痛だっただろうな。それほど惚れ抜いた主がこの世を去った後、ドルメールのような男のために戦わなければいけなかったことは)

アウロスが握る短剣が鈍く光っている。

「ワシは長く生き過ぎた」

この男は戦っていたのだろう。ただ、主が残した忘れ形見《がたみ》のために今日のこの時まで。

老将軍は膝を突いたまま、ゆっくりと俺を見上げた。そして、もはや思い残すことなどないという顔で笑った。

「お主はどこかアファード様に似ておる。姿形も心のありようも違うのだが、不思議なものだ。リーア王女とアルドリアの薔薇《ばら》、さらにまだ会ったばかりのアイリーネ様も、どこかお主には心を許しておる」

俺は口を開いた。

「勝手だな、あんたは。俺にやれと言うのか？　あんたが誇りを捨ててまで守った者を、あんたの代わりに守り続けろと？」

「ワシの手は血に汚れている。この手で多くの罪もない人間を殺した。ワシがおれば、まとまらぬ話も出るじゃろう」

俺はアウロスを見つめた。そして、誇り高い顔に描かれた賢王アファードの絵に視線を移す。

「甘く見てるんじゃないか。この男の娘なんだろう、あんたの王女は」

部屋の入り口にはルビアが立っていた。その側には澄んだ水のように美しく青い髪の女の姿がある。

「アウロス……。どうして？」

女はアウロスの側に跪いて、老将軍の肩を揺さぶった。

その瞳からはボロボロと涙が流れている。

「姫……。これでいいのです。ワシがこれ以上生きていては、姫の邪魔になるばかり。泣かんでくだされ。戦いしか知らんワシにとっては、姫の笑顔がこれまでどれほど救いになったか。この先もずっと笑顔でいてくだされ」

アイリーネはアウロスの手を握った。

「ルビアさんから聞きました。……どうして言ってくれないの……。もし、この手が血に染まっているなら、わたくしが拭きます。一生拭えないと言うのなら、わたくしが一緒に背負います」

王女の顔は、どこか絵画に描かれた父親の顔の面影《おもかげ》があった。

虎のようなアウロスの顔が歪んでいる。

俺には男の涙を見る趣味はない。部屋を出るとルビアが俺を待っていた。彼女は俺の方を見つめると言った。

「お前は本当に意地の悪い男だ。武人として主の前で死ぬことさえ許さぬのだからな」

俺は軽く肩をすくめた。

ルビアはそっと俺の肩に頬を乗せ、二人の姿を眺めていた。

第十七話　大浴場にて

その日の夜、リーアは神殿にある大浴場の湯船に顔を半分だけブクブクと潜らせ、側にいる二人の胸をジトッと見比べていた。

一人はまるで、完璧主義の神が創り上げたかのような芸術的に弾む巨乳の持ち主。もう一人は、澄んだ美しい水のように青い髪と瞳を持つ清楚な十六歳の少女だ。こちらも、ルビアほどではないが大人びた体のラインをしている。

それを見て、リーアのジト目がもっと細くなる。

アルドリアの王宮と比べても遜色《そんしょく》がないほど大きな浴場は今、三人の女性で貸切状態だった。

ルビアは美しい体をリーアの側に寄せ、先ほどからなぜか湯船に顔を半分沈ませて自分を凝視している少女に問いかけた。

「どうしたのですか、リーア様。そんなに不機嫌な顔をして。あれほど楽しみにしていたではありませんか。神殿の大浴場に入るのを」

リーアはお湯につけていた顔をようやく湯船から出して、口を尖らせた。

「いいんです！　ルビアには分かりません！」

だが、そう言った後にクスクスと笑う。

「でもこれで、お兄ちゃんに頭の匂いをかがれても大丈夫です！」

ルビアの美しい顔がピクンと動く。

アイリーネは、リーアに不思議そうに聞いた。

「アルドリアの勇者様は、そんなことをするんですか？」

「リーア様……。その話、もっと詳しく聞かせてもらえますか？　場合によっては、私が奴を始末します」

リーアは恥ずかしそうに、アルドリアからここまでの旅の話をした。

ハルヒコとの旅、そしてヨアンとの出会い。

ルビアは、優しい目でリーアの話を聞いている。

アイリーネは、浴場の高い天上を見上げて、ふふっと笑った。

「わたくしも、そんなお兄ちゃんがほしいです。アウロスが言ってました。あの人は不思議な人だって」

ルビアは笑った。

「確かに変わった男です」

アイリーネも頷く。

そして、少し顔を赤らめて呟くように言った。

「でも素敵な方です。アウロスの命を救ってくださいました。とても優しい方です」

アイリーネは正直な感想を述べてしまうと二人に対し、真っ赤な顔で尋ねた。

「お……お二人は勇者様をお好きなんですか？　アウロスが言うのです。女王になって婿《むこ》を迎えるなら、あの男のほかにはありませんぞって」

リーアとルビアが思わず固まった。

しかし我に返ったリーアが興奮ぎみに否定する。

「駄目です!!　お兄ちゃんはいい加減なところもあるし、ちょっと女の人にだらしないし！　アイリーネさんのお婿さんなんて、絶対に無理です!!」

ルビアもリーアの意見を後押しした。

「リーア様の言うとおりです。あいつは私に口付けをしておきながら、ミルダの体を触ってにやけた顔をするような最低な男です！　アウロス殿は、一体何を考えているのだ!!」

「ほんとです！　それにハルヒコさんは私と最初に会った時なんて、もっと凄いことを考えていました！　聞きたいですか？」

「「「え？」」」

ルビアとリーアそしてアイリーネが、一斉にその声の主の方へ顔を向ける。

そこには小さな羽根をパタパタさせて、浴槽に足を浸けてリラックスをしているミルファールがいた。

「妖精さん!!」

リーアが声を上げる。

「ふうぅ……。凄く気持ちいいです。だいぶゆっくりしたから、少しのぼせちゃいました」

くつろぐミルファールを見て、ルビアが美しい目を鋭くさせる。

「ミルファール様がいるということは……。どうやら、やはり始末しなくてはならないようだな」

大浴場の少し離れた場所で、湯煙の中を人影が動いた。浴場から逃げるように離れるその人影の足を、ルビアが後ろから鮮やかに払う。

「うわっ!!」

リーアの耳に聞き慣れた声が聞こえた。

「お兄ちゃん！！？」

「え？　勇者様！！？」

二人の少女は、慌てて湯船に深く自分の体を沈めた。

芸術品のごとき裸身を誇る美女が、男の背中を足で踏みつけると、殺し屋のような目で冷ややかに告げた。

「死にたいらしいな、ハルヒコ」

「ちょっ!!　ちょっと待てって！　そもそもだな、アウロスが神殿に風呂があるので入れって言うから、俺が先に入ってたんだぞ!!　そしたらお前達が、急に入って来るから！」

ミルファールが助け舟を出す。

「それは本当です！　アウロスさんが、ハルヒコさんに勧めてました」

アイリーネが混乱した顔になった。

「え……。でも、この時間はわたくしが浴場を使う時間ですから、誰も入らぬようにしているはずです。一人で入るより、リーアさんとルビアさんと一緒に入った方が楽しいと思って、たまたま先ほどお誘いしたのに。そうでなければ、わたくし一人で今頃」

ルビアの瞳が鋭く光る。

「あの老体め……。いっそ私が、主のもとに送ってやろうか。これから女王となられる方に、こんなケダモノを」

ミルファールがルビアの周りをパタパタと飛び回り、ハルヒコの頬を小さな指で突《つ》ついている。

「あの……皆さん。ハルヒコさんずっと湯船の中に隠れてましたから、すっかりのぼせてますけど？」

それを聞いて、リーアとアイリーネがハルヒコに駆け寄る。

「お兄ちゃん!!」

「勇者さま!!」

ルビアは自分の足元の男が、すっかり茹《ゆ》でダコ状態になって伸びているのに気づき、溜め息を吐いた。

◇

「ハルヒコさん、しっかりしてください！　ハルヒコさん！」

気がつくと、俺の顔の辺りをミルファールが飛び回っている。

「お兄ちゃん、大丈夫？」

リーアが、心配そうに俺を覗き込んでいる。

そして、その横にはアイリーネの姿もあった。

「勇者様！　良かった、心配しましたわ」

背中に当たる、柔らかい感触。どうやら俺は、ベッドの上に寝かされているらしい。

周りを見ると、俺に割り当てられた客室の中だ。

「まったく、人騒がせな男だ」

ベットの端に立って、ルビアが俺を見下ろしていた。俺がここに運ばれた方法は、あえて聞かない方が幸せだろう。一応、服は着せてもらっているようだ。

アイリーネが真っ赤な顔をして、俺を見ている。

「あ、あの勇者様が裸で倒れてしまわれたので、ルビアさんが服を着させて勇者様を背負ってこの部屋まで。……大丈夫です！　誰にも話してませんから。勇者様が、わたくし達のことを覗いていたなんて！」

ルビアが冷たい視線で俺を睨み、剣を突きつけた。

「言えるわけがありません。こいつが、アイリーネ様の入浴中に侵入していたなどと知れたら一大事ですから。これから建国を迎える新生ドラグリア王国と、アルドリアに結ばれるはずの同盟関係にヒビが入りかねません。いっそのこと、この場で始末してやりたいくらいです」

それから、俺は延々とルビアに説教をされた。リーアとアイリーネが「かわいそうだからもう許してあげて」と俺をかばってくれなければ、軽くあと数時間は続いていただろう。

だがちょっと待て。そもそも俺は被害者じゃないか。

悪いのはアウロスだ。

「あのな、だから言っただろうが。悪いのはアウロスだって！　ミルファールも聞いてただろ？」

「そうでしたっけ？」

ミルファールは、そう言って俺の肩に止まった。まったく、頼りにならない相棒である。

長湯の成果だろう。その肌はつやつやと美しく艶《つや》めいていた。

「いい気持ちです。さすが天然の温泉ですわね」

ミルファールの言葉に、アイリーネが頷いた。

「そうなんです。よくご存知ですね、ミルファールさん。大地の女神ファンリエラ様の恵みを受けるこのフェレトは、自然が豊かですから」

ミルファールは羽根をパタパタさせて胸に手を当て、うっとりしている。

「ふふ、ジームンドと一緒に来た時のことを思い出しましたわ。そう、あれはわたくしが麗しのエルフの女王と呼ばれていた頃の話です」

「「え!?」」

リーアとルビアが、目を見開いて思わず声を上げる。

二人の様子に気がつかず、天然プチデビルは頬に手を当てながら思い出に浸っている。

(おいおい、リーアはジームンドの娘だぞ。娘の前で何を話してるんだ、あんたは？)

俺の心配をよそに、リーアはミルファールの話に興味津々の様子で問いかけた。

「聞かせてください、妖精さん！　前から聞きたかったんです。ミルダお姉様のお母様ですもの、妖精さんは。お父様と、どうやって出会ったのか。ずっと興味があって。ねえ、ルビア？」

「え？　リーア様、私は別に……」

そうは言いながらも、ルビアも少し気になるようである。一国の王とエルフの女王の恋の話なんて、確かに滅多に聞けるものではないだろう。

(まあ別にジームンド王がリーアの母親に出会う前の話だ。ジームンドの浮気話ってわけじゃないからな)

ミルファールは俺達の周りを飛び回ると、ルビアとリーアの顔を覗き込む。

「聞きたいですか？」

「ええ、妖精さん！」

「わ、私は別に」

ミルファールは勿体ぶって体をくねらせる。

「本当に聞きたいですか？」

「ええ、妖精さん！」

「……」

ミルファールは俺の肩に止まって、大きく胸を張った。

もちろんそんなポーズをとったところで、たかが知れている胸なのだが。

「本当に、本当に聞きたいですか？」

「ええ！　妖精さん!!」

「………」

(こいつだけは……。勿体ぶらずにさっさと話せばいいだろ、まったく)

その様子を見て、俺の側に座っているアイリーネがクスクスと笑い始める。

「リーアさんが羨ましいです、こんなに楽しい皆さんに囲まれて」

アイリーネは少しだけ頬を染めて言った。

「あ、あの……。わたくしも、ハルヒコ様のことをお兄様って呼んでもいいですか？」

その時、リーアが俺とアイリーネの間に割って入った。

「アイリーネさん！　ちゃんと聞こえてるんですからね！　駄目です、お兄ちゃんはリーアのお兄ちゃんです！」

リーアのその態度に、アイリーネが口を尖らせた。そして、悪戯っぽい眼差しで俺を見上げる。

「いいじゃありませんか、少しぐらい。ねえ、ハルヒコお兄様」

そう言って、リーアに見せつけるように腕を組む。

リーアが柳眉《りゅうび》を逆立てて叫んだ。

「アイリーネさん!!」

ルビアが、溜め息を吐いて二人を止めに入る。

ポツンと取り残されたミルファールが、頬を膨らませた。

「聞いてるんですか、皆さん！　失礼じゃないですか!!」

結局、俺達はその後、ミルファールの前に仲良く並んで座らされた。

そして、ミルファールの過去の恋愛話を聞かされることになったのである。


翌日のことである。

朝食の際にアウロスは、何食わぬ顔で俺に聞いた。

「どうじゃったハルヒコ殿、我が姫君は。いやもうすぐ、女王陛下になられる身だがな」

（このジジイ……。いっそのこと、あのままアファードの元に送ってやればよかったな）

このじいさんのせいで、俺は昨日ルビアに殺されかけた。それにあの後、何時間説教されたと思ってるんだ。

アイリーネが、頬を赤くしてアウロスを睨んでいる。

「アウロスってば……。もう!!」

アウロスはアイリーネに堂々と答える。

「勇者殿はワシが惚れた男、必ず姫の婿に致しますゆえ、ご心配めさるな」

「しっ、心配なんかしてません！　もうアウロスなんて知らない!!」

リーアは俺をジッと見て、プイッと顔を背《そむ》ける。

「よかったですね、お兄ちゃん」

ルビアもカチャカチャと音を立てながら、無言で料理を斬って……。いや切っている。

（物凄い威圧感を、感じるんだが……。昨日は俺の肩に可愛く頬を乗せてたくせに……）

早く飯を食ってこの場から逃げ出さないと、命が幾つあっても足りない。

そうしている間にも、順調にフェレトには軍勢が集まって来ていた。そろそろ、アイリーネが女王として戴冠式《たいかんしき》をしてもいい頃合だ。

（しかし、その前にやることがあるな……）

アイリーネが女王になる前に、俺にはどうしても確かめたいことが一つあった。

食事が終わり、少し離れたところでリーアとアイリーネは二人で何やら楽しそうに談笑《だんしょう》している。ヨアンの時もそうだったが、王女同士でしか分かち合えない話もあるのだろう。これから建国する新生ドラグリアとアルドリアの友好を考えれば良い傾向である。

ルビアは、神殿の中に駐留するアルドリア聖騎士団の様子を見に行った。

ここに集まって来るアイリーネ派の貴族が抱える兵士達と共に、統制が取れた動きをするための訓練なども、ルビアが中心となってやってくれている。初めは摩擦《まさつ》も起きるのではないかと心配したが、少し前に加わった者などはルビアの指示の下、一糸乱れぬ連携が取れるほどの錬度に達しているという。

しかも戦女神のような美貌と剣の腕だ。噂によると兵士達の中に『アルドリアの薔薇《ばら》親衛隊』なるものが密かに結成されているらしい。

簡単に言えば、ルビアファンクラブだな……。

合言葉は「ルビア様の為ならば死ねる!!」ということだ。

なるほど、統率も取れるはずである。

(ルビアにキスしたことがあるなんてそいつらにばれたら、命を狙われかねないな、これは……)

ましてや、向こうからされたことがあるなんてことが知られたら、確実に暴動になるだろう。俺は白薔薇《しろばら》に似たあの時の香りを思い出し、軍事機密としてそれを胸の中に封印する。

さて、目の前には虎のような顔をした老将軍が座っていた。食後に用意された少し苦みのある飲み物を飲みながら、時々アイリーネを慈《いつく》しむように目を細める。

(完全に孫を溺愛《できあい》する祖父の図だな)

アイリーネが女王としての戴冠と新生ドラグリア王国の建国宣言を行う時間は刻一刻と迫っていた。

そこで俺は意を決して、先ほどから頭に浮かんでいる疑問についてアウロスに尋ねた。

「アウロス、一つ聞きたいことがあるんだが」

「どうしたハルヒコ殿……。ふむそうか、アイリーネ様のことじゃな」

さすがはアウロスだ、話が早い。武人として優れているばかりでなく知将と呼ばれるだけはある。

アウロスは口元を緩めた。

「どうじゃった。大浴場で見たのであろう？　美しかったであろうが。分かっておる。お主の婿入《むこい》りの話、たとえ誰が反対しようともこのアウロス、命を懸けて成し遂《と》げてみせようぞ」

……何が知将だ、前言は撤回させてもらおう。

「いやアウロス、そうじゃなくてな」

アウロスがにわかに眉根を寄せた。

「まさか不服だと言うのか？　いや……。ありえぬな。アイリーネ様を気に入らぬ男などおらぬ。そうか、アルドリアの薔薇《ばら》じゃな……。確かに、あの女はいい女じゃ。……分かった、やむを得ぬ！　もし婿となっても、アルドリアの薔薇《ばら》を第二夫人にすることを許そう。どうじゃ、本来ならあり得ぬ話だぞ。女王の婿が、第二夫人を持つなど」

……やはり、あのままアファードの元に送ってやればよかった。

そんな話をルビアにしてみろ、俺は細切《こまぎ》れにされてしまう。

「いやだから、そうじゃなくてなアウロス」

アウロスは、難しい顔をして腕を組む。

「では一体何が気にいらんというのだ！　まさか……。リーア王女か？　お主、見損なったぞ！　まだ十二の幼き少女にそのような邪念《じゃねん》を抱くとは……」

………………。

「いい加減にしろジジイ……」

そろそろ、切れてもいい頃だろう。仏の顔も三度までとは言うが、あいにく俺は仏ではない。

アウロスは軽く咳払いをすると、あらためて冗談ではないという顔で俺に宣言した。

「ワシは諦めんぞ。姫の相手は、お主以外にはおらぬ」

歴戦の将軍から過分な評価をいただくのはありがたいが、今は面倒なだけだ。

「俺が聞きたいのはアイリーネ王女の母親のことだ。俺がアルドリアの書庫で調べた限りでは、このフェレト神殿の巫女の一人だと書いてあった。だが、それにしては今まで姿を現さないのが不思議だと思ってな」

アファード王は正妃との間に子はいないが、この神殿の巫女との間には一人娘であるアイリーネをもうけている。それもアイリーネがここに預けられた理由の一つだ。

アウロスは俺の言葉に頷いて答える。

「すまぬな、ハルヒコ殿。あのお方、ノルンリアナ様も、直ぐにお主に会って挨拶をしたいのだろうが、急な病で床に伏《ふ》しておられてな」

(王女の母親は、ノルンリアナと言うのか)

俺はアウロスに聞いた。

「王女の母親が、病になったのはいつからだ?」

「なぜそのようなことを聞く？　気になることでもあるのか、アルドリアの勇者よ」

(まあいいか……。もし俺が想像しているとおりなら、どうせ向こうから仕掛けてくるだろう)

暫くすると、胸の部分に大きな紋章が描かれた白い聖衣を纏った神官が数名、俺達の元にやって来た。

彼らの雰囲気は普通の神官とは少し違った。神官兵と言ったらいいのか。腰には剣を提げ、隙のない騎士のような気配を漂わせている。

(早いな……。なるほど、さっきの会話も筒抜《つつぬ》けだった訳か)

神官達は、アウロスと俺に一礼すると静かに用件を俺に伝えた。

「アルドリアの勇者殿、ノルンリアナ様がお会いになりたいとのことです。よろしければご同行を」

(よろしければ、か。ものは言いようだな)

腰の剣に手をかけながら、俺は警戒心を強めた。

アウロスが、虎のような顔で神官達を一喝する。

「お主達！　何だその態度は‼」

俺はアウロスを止めた。

「いいさ、丁度良かった。アイリーネ王女の母親に会いたいと、今アウロス将軍とも話していたところだ。案内してもらえるか？」

神官達は、俺に一礼してついて来るように促した。

アウロスも席を立ちかけたが俺が止める。

「心配するなアウロス。リーアとアイリーネ王女の側にいてくれ」

俺の言葉にアウロスは渋々同意した。

俺は神官達に連れられて、神殿の奥深くに進む。先代の王アファードが作らせたのだろう。美しく荘厳《そうごん》とも言える彫刻が壁面全てに彫られていた。神官達はその最も奥の部屋で足を止め、重く閉じられた扉をゆっくりと開く。

俺はその中に入って行った。

天蓋《てんがい》付きの白いベッドの上に、女が一人横になりこちらを眺めている。

「ご苦労でした、もう下がってよい」

女が命ずると、神官兵達は恭しく頭を下げてその場を去った。

俺は彼女の前で膝を突き、一礼した。

「ノルンリアナ様ですね、アイリーネ王女のお母君の。わたしはハルヒコ、お初にお目にかかります」

俺の挨拶を受けてノルンリアナは上体をこちらに向ける。

アイリーネと同じ青い目と青い髪。

そして、ゆっくりと口角を上げた。

笑っている。まるで表情のない笑顔で。

（やっぱりか……）

端整《たんせい》な顔立ちなだけにぞっとする笑顔だ。

「つまらぬ芝居《しばい》はよせ。知っているのだろう、わらわが誰かということを」

女はそう言って、俺を見つめていた。

第十八話　秘めたる想い

「ああ、あんたの兄貴には会ったことがあるぜ、ファンリエラ」

ファンリエラは笑みを浮かべると、ゆっくりとベッドから降りてこちらに近づいて来た。

その美貌からは溢れ出る妖艶《ようえん》な色気ばかりでなく、まるで一つの体の中に別人が存在するかのような違和感がある。

こいつはアイリーネの母親じゃない。

いや、正確に言えば、体はそうかもしれないが中身が別人だ。一時的にファンリエラが、巫女であるアイリーネの母親の体を支配しているのだろう。

人間界と精霊界にある垣根を自らは踏み越えず俺と話すために。

（精霊王もそうだったが、つまりこいつもこちらの世界に来る時に、例の垣根とやらをぶっ壊しち

まうぐらいの力の持ち主だってことか）

俺の中からミルファールが飛び出した。

「叔母様！　ファンリエラ叔母様!!　ハルヒコさんに何をするつもりです!?」

天然プチデビルがここまで警戒する相手だ。用心するに越したことはない。

艶《あで》やかに指を唇に当てるとミルファールを睨む。

「ミルファール、無礼ですよ。いくら姪《めい》だとはいえ、久しぶりに会ったのです。わらわのことは、永遠の大地の女神、麗しのファンリエラと呼びなさい」

ミルファールは、羽をパタパタさせながら溜め息を吐く。

そして、俺にぼそっと囁いた。

「だから面倒なんです。いちいち長いんです、叔母様の名前は……」

（いや……。お前と完全に同じノリだぞ、そこは）

「分かりました。お久しぶりです、永遠の大地の女神、麗しのファンリエラ叔母様」

「分かればよいのです。さあ、異世界から来た勇者よ。お前にもわらわに挨拶することを許しましょう」

精霊王ばりに傲慢で、ミルファール並みに面倒な女だと分かって俺はげんなりした。だが、相手の出方が分かるまでは従うしかないだろう。

「お会い出来て光栄だ。永遠の大地の女神、麗しのファンリエラ」

まあ例のごとく、永遠のあたりからは棒読みだがな。

「ふむ……。なぜだか分からぬが、少し不快な気持ちになるな……。そなたには、わらわをファンリエラと呼ぶことを特別に許そう。光栄に思えよ」

「ああ、それは助かる」

俺は、こいつらが叔母と姪だと確信した。あらためて俺は、ファンリエラを見つめる。

アイリーネの母親を、病にさせたのはこの女だ。そして娘の重大事にも顔を出さずに、神官を通じての挨拶もない。俺の興味が、自分に向かうのを待っていたかのように。

この手の回りくどいやり方は、こいつら上級精霊の特徴なのだろう。だからピンと来たのだ。精霊王の時も、俺が存在に気がつかなければ、そこで終わりだっただろうからな。その程度の人間ならば、最初から会う価値すらないと切り捨てるわけだ。

それでゲームオーバーである。

つまり、今この女に会うことは、精霊王が仕掛けたこのゲームの一つのキーなのだ。ということは、必然的にこのゲームに目の前の女も絡んでいることになる。

こいつも、俺が参加してるデスゲームのプレイヤーの一人だ。

「一つお前に面白いことを教えてやろう。お前が元の世界に戻るためには五人の精霊の力が要る。

それも神と呼ばれるほど高位の精霊のな。一人は精霊王、もう一人は大地の女神として崇《あが》められるわらわ、さらに永遠のエルフの女王と呼ばれたミルファール、後の二人のことは、兄上との約定があるゆえに話せぬがな」

ミルファールが、ファンリエラの言葉に頬を膨らませている。

「永遠のエルフの女王、麗しのミルファールです!!」

「おおそうであったな。久しくその名を呼んでいないので忘れていた、すまぬ」

……そこにこだわるのは、こいつらの文化なのか？

どうやらこのゲームに絡んでいるのは、精霊王とミルファールだけではないらしい。ファンリエラと、残りの二人の上級精霊。戻るためにはなどと言っているが、それは俺の事情であり、こいつらにとっての重要事ではない。

要するに、俺をこの世界に喚び出したのは、その五人の力だとファンリエラは暗に言っているのだ。それぞれ何かしらの思惑があって、俺をこの世界に喚んだのだろう。

俺に何かをさせるために。

ならファンリエラの思惑は何だ……。

女は微笑みながら、ゆっくりと口を開いた。

「わらわは、約定により人間界に直接手出しが出来ぬ」

「ああ、知っている」

それはミルファールから聞いているからな。

「それで、あんたの条件は何だ。俺に何をさせたいんだ」

「察しがいいな、異世界から来た勇者よ」

ファンリエラは我が意を得たりと満足げに笑った。

「わらわは戦いをやめぬ人間は嫌いじゃが、この美しい大地は愛しておる。わらわの器となり、この大地に恵みを与える巫女《みこ》を失うわけにはいかぬ」

ミルファールにとっての俺のような存在か。まあ、あいつはいつも器を勝手に飛び出してるけどな。

「そなたには、ドルメールからこの女とアイリーネを守ってほしい。あの娘も、いずれわらわの器となれる才を持つ女だからな。わずかならわらわも力を貸してやれる。そなたにも都合がよかろう」

（……アイリーネか、俺が思ったとおりだな。器だとかもっともらしいことを言っているが、こいつの目的はそんなことじゃない）

俺がこの神殿で発見した幾つもの女神像、壁一面に彫られた彫刻、そしてアイリーネを守れというこの女の言葉。

それは一つの真実を証明している。目の前の女が嘘をついていることを。

俺はファンリエラの発言を一蹴《いっしゅう》した。

「くだらない嘘をつくのはやめろ。あんたが俺にアイリーネを守ってほしい理由は一つしかない」

青い瞳が動揺で微かに揺れる。

俺は確信的な口調で告げた。

「アイリーネが、あんたの娘だからだ」

ファンリエラの表情が固まった。

ミルファールも、俺の言葉の意味を理解して大きく目を見開いている。

「まさか！　叔母様……」

ファンリエラは猛烈な勢いで反論する。

「何を言っている!!　勘違いをするな!!　わらわが人間などと、子を生すはずがない!!」

俺はゆっくりと頷いた。

「そうだ、正確にはあんたの子じゃない。アイリーネは何処から見ても、ただの人間だからな。でもあんたにとっては、それは問題じゃないはずだ」

美しく妖艶な女が動揺で震えている。

「何が言いたい……。事と次第によっては、そなたを許さぬ」

俺は部屋を見渡した。ここに来るまでの廊下もそうだったが、一面に彫刻が施してある。一流の職人が丹精《たんせい》を込めて彫り上げたのだろう。

初めてこの神殿に通された時にすれ違った女神像、それを見た時から俺の心には疑問が湧いていた。あたかも生きているかのようにその彫像が見事だったからだ。

優しく慈愛に満ちた微笑みはあまりにリアルで、人間の想像力だけでは達し得ない緻密《ちみつ》さと精巧さを備えていた。

そこでさらに二つの疑問が俺の脳裏に浮かんだ。

一つ目は、誰から見た女神かということ。

もう一つは、なぜその人物には彼女がそう見えたのかだ。

「調べさせたんだ。この神殿のあんたの彫刻が、どれもこれもあまりにも常軌《じょうき》を逸していたからな。まるで本物を見て来たかのように」

女の青い髪が、静かにゆらゆらと揺れている。

「作らせたのはアファードだったよ。最高の職人達に何日も語ったそうだ。女神の姿を熱心に。職人達は王の熱意に打たれて、最高の彫刻を作り上げた」

「それがどうした？　わらわの像など、この国にいくらでもある。それらを目撃したアファード王の想像の産物にすぎぬ」

女はゆっくりと俺達に背を向ける。

「あり得ない答えだな。あんたが下等な人間にこんな顔をする訳がない。それなりの理由がなければな」

ファンリエラの視線の先には、一際見事な女神像がある。

「俺にとってあんたは傲慢で嫌な女だが、アファードにとっては、あんたはその像と同じだったんだろうな。美しく限りない慈愛に満ちた女神」

女の背が微かに震えている。

「だ、だまれ！　アファードが、わらわに気がついていたはずがない」

俺は女の背に、全て分かったような口調で駄目押しの一言を投げた。

「初めはほんのいたずら心だったんだろう？　ある時、あんたは自分の器になっている女が恋をしたことを知ったんだ。あんたは、その恋を止めることもなく女の中で観察していた。人間の恋が、あんたの好奇心をくすぐった」

神殿の奥に流れる風が、女の長く青い髪を静かに靡かせた。

「相手は一国の王だ。だが奢《おご》らず誠実な姿が、あんたの器になっている女の心を奪った。そしてその王も、慎ましく美しいその女に恋をした。あんたは幸せな二人を直ぐそばで見守っていた。あたかも物語を読む少女のようにな」

女は俺の方を振り返らないまま話に耳を澄ませている。

「あんたはその物語に夢中になった。自分に向かって愛を語る青年が穢れなく、誇り高い若者だったからだ」

「……やめろ」

女は低く呻いた。

俺はその震える背中に真実の言葉を浴びせかける。

「そして気がついた。いつの間にか自分も恋をしていることに。誠実な愛を語るその青年に、激しく恋をしたことを」

ミルファールが俺の肩に止まって、穏やかに目の前の女を見つめている。

「下等なはずの人間に、心を焼かれる恋をしたあんたは苦しんだ。女の体を完全に奪い、自分がアファードに愛されることさえ夢見ただろう。あんたの力なら簡単に巫女である女の体を支配できたはずなのに」

「だ……だまれ！」

女の体に力が入った。感情を抑え込むように両腕で自分を抱き締めている。

「でもあんたはそうしなかった。愛し合う二人をずっとそばで見守ってきたからだ。二人を引き裂くことなど出来なかった。ただその女を応援し、青年を愛し、あんたは一人で苦しんだ」

女の肩の震えが少し大きくなった。

「愛する人から幸せを取り上げるなんて、あんたには出来なかったんだ」

ミルファールの小さな手が、俺の体をしっかりと掴む。

「それから二人には子供が出来た。一人娘の、アイリーネだ」

ようやく女が振り返った。観念した視線が俺に真っ直ぐ注がれる。

「あんたは愛した。まるで自分の子のように。二人を心から祝福した。親子三人をあんたは優しく包み、いつも彼らの傍にいた」

俺は、部屋の壁のいたるところに彫られた女神の彫刻を眺める。

優しく慈愛に満ちた瞳、愛しい者を包み込む笑顔。

愛する女の中に感じた一人の女神。それは自らが信仰する崇高《すうこう》な女神の存在だ。アファードは言えなかったのだろう。だが伝えたかったに違いない。部屋中に彫られた女神の姿はアファードの言葉だ。女神への愛と感謝の言葉。

「あんたは馬鹿だ、目を凝らしてよく見てみろ！　アファードはな、分かっていたんだ。生まれた子は二人の母親に愛される幸せな子だと。ずっと知ってたんだよ。愛する女の中にいる、もう一人の女性を。アファードはその女も同じように愛したんだ」

「だまれ!!　お前に何が分かる!!　見てもいないくせに、見て来たようなことを言うな!!」

女の目からは涙が零れ落ちている。

「証明などもう必要がないと思うが、いいだろう。だがもし、ここにあるとしたら？　アファードの心が」

俺は、ぐるりと部屋の中を歩いた。壁に刻まれた彫刻の女神達は、皆一人の女神の方へ視線を集めている。

美しい彫像の女神。

それは先ほどまで、ファンリエラが見つめていた女神像だ。ほかの女神像とはどこかが違う。

アイリーネの母親に似た清楚な眼差し、美しく慈愛に満ちた表情。一人の中に二人の女がいるかのようなその笑みは、とても美しかった。

アファードともあろうものが、意味もなくこんな謎かけをするはずがない。誰かに知らせたかったのだろう。自分の秘めた気持ちが、いつの日か誰かに伝わることを切に願ったのだ。

俺は、ゆっくりと力を込めてその像を押す。すると鈍い音を立てて女神像が動いた。床には小さな穴があり、そこには銀で出来た宝石箱が隠されていた。

俺はおもむろに箱を開けた。

その蓋には一人の女を愛し、一人の女神を愛した男の秘めたる想いが書かれてあった。

『これを見つけた賢者よ、願わくば伝えてくれ。我が伝えられなかった想いを。あの人を愛するのと同じように貴方を愛していたと、女神に伝えてくれ』

箱には、美しい細工が施された銀のロケットが入っていた。

俺はそれをファンリエラに渡す。

女神と呼ばれた女は、それを握り締めたまま、ただ黙って涙を流している。

そこには、こう刻まれていた。

『誰よりも、お前を愛する。二人の母を持つ幸せな我が娘、アイリーネへ愛を込めて』


青く美しい瞳が、空を見上げている。

神殿の中からは見えるはずもない空を。

「そなたの言うとおりじゃな、わらわは愚かだった……。こんなにも近くに、こんなにも沢山、ファードの愛があったというのに」

部屋一面に彫られた自らの姿を、ファンリエラは泣きながら見つめた。それは一つの愛の詩を奏《かな》でていた。

「あんたを女神として敬《うやま》い、一人の女として愛した男にとっては、これがあんたに気持ちを伝える唯一の方法だったんだろうな」

女が優しい微笑で周りを眺めると、一際美しく光る雫がその頬を伝い落ちる。

「ああ……。聞こえる……。愚かなわらわにも、今なら聞こえる。あの人の声が、愛の詩が」

下等な人間、愛してはならぬ相手を愛したというその心が、彼女の瞳から本来見えるべきものを隠してしまっていたのだろう。

女は暫く泣いていた。

ミルファールはその肩に止まり、静かに歌を歌っていた。その歌声は天使のようで、俺は初めて麗しのミルファールという名が彼女に相応しいと思った。

やがてミルファールの歌声がやんだ頃、ファンリエラは俺の方へ歩いて来ると、先ほどの態度をあらためて謝罪した。

「異世界から来た勇者よ、わらわを許してくれ。そなたには嘘は通じぬ。我が愛しい娘アイリーネを守ってはくれぬか」

俺はその澄んだ青い瞳を覗き込んで答えた。

「ああ、約束しよう」

ファンリエラは俺に微笑んだ。初めて会った時のような冷たく無機質な表情は消え去り、まぎれもなくあの女神像そのものの美しい笑顔だ。

俺は肩をすくめ、正直な感想を口にする。

「あんたには、その笑顔の方が似合っていると思うぞ。アファードが惚れたのがよく分かった」

ファンリエラは破顔した。

「それは、わらわを口説いているのか？　お前は小生意気だが、不思議な男だ」

ミルファールが、腰に手を当てて胸を張る。もっとも、張ろうが張るまいがほとんど変わらない胸だが。

「叔母様！　気をつけてください、それはハルヒコさんの悪い癖です‼　わたしも口説かれました‼」

（おい！　いつ、俺がお前を口説いたんだ⁉）

「ふふ……。ははは、そなたは本当に面白い男だ」

ファンリエラは、心から可笑しそうに笑う。

「ハルヒコよ、そなたにわらわが持つ鍵をやろう。お前が元の世界に戻るために必要な五つの鍵の一つだ」

そう言うとファンリエラは俺の前に立ち、少し俺を見つめた後、俺の頬にキスをした。その青い髪からは、何とも言えない良い香りが漂っている。

「これは……」

いつの間にか、俺の右手の甲に美しい紋章が描かれている。

「それはわらわが認めたという印だ。残りの鍵は四つ。約定は破れぬが、出来る限りわらわもそなたを助けよう」

その時、ゆっくりとこの部屋の扉が開いた。

「ハルヒコ殿、お主が一向に戻らんので心配になってな。アルドリアの薔薇《ばら》も丁度訓練が終わったというので、こうして皆でやって来たのだが……」

声の主はアウロスだった。その後ろにはルビアとリーア、そしてアイリーネの姿があった。これまでの顛末《てんまつ》を知らない彼らは、特に何も気にした様子もなく部屋の中へ入って来る。

それを見て、ファンリエラが悪戯《いたずら》っぽく笑った。

「わらわを泣かせた罰じゃ」

すると突然、ファンリエラは恋人のように俺の胸に顔を埋めたではないか。

(こら！　ちょっと待て!!)

さらにファンリエラが精神の支配を解いたのだろう。俺の胸に抱かれている女の雰囲気が一変した。いかにも神に仕える巫女といった清楚さへと。

意識を取り戻した女の目が大きく見開かれる。それは当然だろう。いきなり見も知らぬ男が自分を抱き締めているのだから。

「あ、あの……。貴方は？　こ、これは一体？　……い、いけません！　このような……」

ノルンリアナは顔を赤らめて羞恥《しゅうち》の声で抗議した。

俺を後ろからジットリと見つめる視線を感じる。

（おい……。違うんだ！　やめろ、お前達。俺をそんな目で見るな!!）

「……何してるの、お兄ちゃん」

リーア、いつもの可愛い声はどうした。声が低すぎるぞ。

「ゆっ勇者様！　あの……」

アイリーネ、やめろ、違うんだって！

青い髪の王女は、涙ぐんでアウロスの服の裾《すそ》をギュッと掴んでいる。

「むう、姫の婿にと思ったお主を殺さねばならんとはな。このケダモノめ!!」

アウロスは、近くにいる神官兵からさっそく剣を取り上げた。だが、その剣が俺の体に刺さることはないだろう。

なぜなら剣を抜いたルビアが、猛然《もうぜん》と俺の目の前に迫っていたからだ。


「えいっ!!　ヒール!!」

（おい……。もう、前置きも何もないのかよ）

危うく殺されかけた俺に、ミルファールが回復魔法をかけた。

あの後、ルビアに追い回されながら、必死で事情を説明したお陰で、俺はまだ生きている。

もう一歩遅ければ、また別の異世界へ旅立ってしまうところだったが……。

リーアが、俺の顔を覗き込んでその顔を心配そうにさする。

「私は分かってました！　お兄ちゃんが、そんなことする人じゃないって!!」

（本当か？　お兄ちゃんは、完全にお前に疑われてた気がするんだが）

「そ！　そうです。勇者様は、そんなハレンチな方じゃないって信じてました」

アイリーネが平然とリーアの意見に賛成すると、アウロスも大きく頷いた。

「おおそうじゃとも、ハルヒコ殿がそのような変態の真似事をするはずがない。ワシも分かっておったぞ、アルドリアの勇者よ！」

（……だまれジジイ！　その手に持った剣は何だ!!）

美しいブロンドの騎士は、微塵《みじん》も悪びれず俺を突き放す。

「直ぐに説明せぬからだ」

（おい……。お前が斬りかかって来る前に、一体いつ説明する暇があったのか教えてくれ!!）

青い髪の巫女は、このシュールな状況がまったく目に入っていないかのようにニコニコと微笑んでいる。こいつはちょっと天然か？

「それにしても光栄ですわ。ファンリエラ様が、わざわざアルドリアの勇者様にアイリーネのことを頼まれるなんて」

ファンリエラとアファードの一件は皆には打ち明けてはいない。俺はミルファールと違って、プライバシーには気を配るタイプなんだ。

「それにこれは？」

アイリーネの母親の手には、先ほどの銀のロケットが付いたネックレスが美しく光っている。

俺はノルンリアナの問いに答えた。

「ちょっとした探し物を見つけてな。アファード王がアイリーネに残した物だ。もし良かったら、母親のあんたの手で、アイリーネにかけてやってくれないか？」

ロケットに刻まれた文字はもう消えている。おそらくファンリエラの力だろう。だが刻まれた想いは永遠に失われることはない。

ノルンリアナは了解し、アイリーネにネックレスをかける。

「……お母様？」

ノルンリアナの頬を、静かに涙が流れ落ちた。

その時俺には、アイリーネに優しく微笑む、もう一人の母親の姿が見えた気がした。

ミルファールが、俺の肩に止まって、ぐすぐすと泣きべそをかいている。

「よかったですわね……。よかったですわね、叔母様」

人の気持ちも精霊の気持ちも、違いなどないのかもしれない。これで初めて、ファンリエラは本当の母としてアイリーネに向き合えたのだろう。アイリーネは、美しい母親と嬉しそうに微笑みを交わしている。

そしてこの日、ここフェレトの神殿で新生ドラグリア王国の初代女王アイリーネの戴冠式が行われることとなったのである。

エピローグ ～ 戴冠式《たいかんしき》

俺達がアルースの戦いで勝利をしてから、今日で三日が経った。

そろそろアウロスが出した密書が、遠方のアファード派の貴族に届く頃だ。またドルメールの帝国の属国となった国々、例えばアンファルにはヨアンが到着しているだろう。新生ドラグリア王国の建国のタイミングとしては申し分がない。

戴冠式の会場となる神殿の大広間には、既に同じ志を共にする者達が一堂に会していた。女王の証である王冠を授《さず》けるのは、ファンリエラの巫女ノルンリアナの役目だ。

ルビアは万が一の事態に備えて、護衛を務めている。

リーアが俺の手をギュッと握った。

「アイリーネさん、凄く綺麗」

「ああ、そうだな」

俺はその手を軽く握り返す。

アイリーネがファンリエラの巫女である母親に跪くと、女神からの祝福の儀式が始まった。儀式はあくまでも形式に則ったものにすぎないが、ファンリエラが祝福を拒《こば》むはずがない。儀式は滞《とどこお》りなく進行していく。

アウロスが顔をくしゃくしゃにして涙ぐんでいる。

「姫、何とお美しい！　アファード陛下が存命であれば何と仰《おっしゃ》るか……」

アイリーネは、美しく繊細な女王の王冠をかぶると、会場の人々に体を向けた。そして視線を上げ、凛とした表情になり静かに口を開く。

「勇気とは何でしょうか？」

突然の問いかけに、人々の間のどよめきがピタリとやむ。

「わたくしは恐ろしかった。叔父のドルメールが。いつも怯えていました。いつもただ、怯えてばかりいたのです」

アイリーネは集まった皆を、もう一度ゆっくりと深呼吸をするかのように一望した。

「多くの人々が、ドルメールに虐げられ苦しんでいます。皆が勇者を望みました。そうです、アルースの奇跡を起こした、アルドリアの勇者――」

アイリーネが俺の方を見ると、人々は歓声を上げた。

「わたくしはすがりました。彼なら、勇者ならば、人々を、そしてわたくしを救ってくれると。ここに集まった多くの者の中には、彼こそ新しい国の王に相応しいと思っている人々もいることでしょう」

ざわめきが静まると、皆がアイリーネの次の言葉に耳を澄ませた。

「わたくしもそれでよいと思いました。彼が望むのなら王となって、わたくし達をその奇跡の御業《みわざ》で救ってほしいと！」

アイリーネは人々を力強い眼差しで見渡した。その手には、父が残したネックレスが握り締められている。

「何と愚かなことでしょう。わたくしは気がついたのです。その時、自らが何と愚かな人間だったのかと」

アイリーネは俺に語りかけるように胸の内を告白した。

「勇者から届いた手紙には、奇跡などほんのひとかけらも記されていませんでした。そこには彼の知恵と勇気、そして彼を信じた者達の命を懸けた勇気、ただそれだけしかなかったのです」

そしてアイリーネは、アルドリアの兵士達に穏やかな眼差しを注ぐ。

「奇跡などなかったのです。そこにあったのは彼らの勇気だけでした」

美しく青い髪が風に靡いて、水のように澄んだ瞳の色が静かに皆の心へ沁《し》み渡っていく。

「皆さんにもう一度問いたい。勇気とは何でしょうか！　奇跡が最初からあるのではない。もし奇跡を起こす力があるとしたら、それが勇気なのです！」

アルドリアの兵士もドラグリアの民も、黙ってアイリーネの話に耳を傾けている。

「わたくしはドルメールと戦います。この命を懸けて!!　彼らのお陰でわたくしの小さな勇気が、そしてここに集まった全ての人々の勇気が、何よりも大切だと知ったからです!!」

一点の曇りもない青い瞳は、果てしなく広がる世界を見つめているかのようであった。多くの聴衆のために開け放たれた神殿の扉から、吹きつける風が青い髪を美しく靡かせる。

「わたくしは二度と自分の心に灯った勇気の火を消さないと誓います。どうか力を貸してください。このわたくしに、皆さんの力をお貸しください!!」

静まり返った大広間の中に、アイリーネの声が響いた。人々に向けられる誇り高い瞳と、父王アファードの面影が重なる。

（アファード王、あんたの娘はたいした女だ）

俺はその横顔に無言の敬意を払った後、空を仰いだ。

「何と凛々《りり》しくお美しいのだ」

「ああ、まるでアファード陛下がおられるかのようだ！」

さざなみのようにゆっくりと歓声が会場を包み込む。

それはやがて、新生ドラグリア王国の建国を高らかに宣言する大きなうねりとなって、アルドリアとドラグリア全土へと広がっていくのだった。

◇

それから数日後、ドラグリア帝国領内では一斉に反ドルメール派が蜂起《ほうき》した。

今までドルメールの圧政に苦しんでいた人の多くは、その蜂起に次々と加わっていき、あっという間にドラグリアを二つの勢力に分けてしまう。その旗印は言うまでもなく、賢王と呼ばれた先代王アファードの娘アイリーネ女王である。

戴冠式後、ドラグリアとアルドリアは同盟を結び、フェレトを中心にその拠点を増やしていった。

美しく気高い女王の元へ多くの人材が集い、この地を制するための激しい戦いが今、始まろうとしていた。

そして、アルドリアにもその知らせは届いていた。

早朝のアルドリアの城下町を、一人の騎士が馬を走らせていた。まだ若いが、ルビアの側に仕える優秀な聖騎士の一人である。夜を徹して駆けて来たにもかかわらず、騎士の顔には生気が溢れている。

「開門せよ！　一刻も早く陛下にお会いしたい！」

彼はアルドリア城の東門に辿り着くと、警護の兵士達に向けてそう叫んだ。

騎士の様子を見て兵士達は歓声を上げる。

「おお！　それでは!!」

「ルファン様、直ぐに陛下へご報告を!!」

ルファンと呼ばれた栗毛色《くりげいろ》の髪の騎士は、大きく頷いて馬に最後の鞭を入れる。城の入り口に馬を繋ぎ城内に入ったルファンは、はやる心を押さえながら玉座の間に歩みを進めた。部屋に入ると、ジームンド王と王妃ヒルデが立ち上がってルファンを迎える。

そのすぐ側には、美しい立ち姿でミルダが控えていた。

「どうであった、ルファン！」

「ああ、ルファン聞かせて頂戴。リーアは、リーアは無事なのですか？」

二人の問いに、王国の若き聖騎士は頷いた。

「リーア様はご無事でございます。そればかりか、勇者殿はあの無敵と言われたドラグリア軍を、見事に打倒されました。私は今でもまるで自分が夢を見ているのではないかと」

騎士の目には、光るものが浮かんでいる。彼はそれを、数日の間手綱を握り続けて血が滲んだ手のひらで拭う。

ヒルデは静かにルファンに歩み寄り、懐から取り出した白いハンカチで、そっとその手の血を拭った。

「王妃様！　何をなさるのです！　私ごときに、そのようなことを。勿体《もったい》ないことでございます」

美しい王妃の目からは、涙が流れていた。

「何を言うのですルファン。命を懸けてリーアを、この国を守り抜いたそなた達の勇気に、わたくしはどう報《むく》いたらいいのでしょう？」

その言葉に、ルファンの目からは涙が流れた。

ジームンドは空を見上げる。

「真《まこと》にそのとおりだ。どれほどの知略があったとしても、それだけでは何事も出来はしない。勇者殿はこの国を出る前にそう私に言った。これを成し遂げたのは、勇者殿とそなた達の勇気であろう」

ルファンはその場に膝を突いて、ジームンドに深々と頭を下げる。

「おそらく今頃、勇者殿はドラグリア前国王のご息女であらせらせるアイリーネ様と、反ドルメールの旗を上げているかと思われます」

それを聞いて、ミルダが頷いた。

「ハルヒコが言っていたとおり、これからが本当の戦いになるわね」

ジームンドも大きく頷く。

「新生ドラグリア王国か、真にとんでもないことを考えるお方だ、勇者殿は」

ミルダは微笑んだ。

「ええ、本当に」

窓の外に視線を移すミルダを見て、ヒルデはそっとその手を握った。

「行きたいのね、ミルダ？　あの人の側に」

「王妃様……」

自分の心を悟られて目を伏せるミルダの頬を、ヒルデが優しく撫でる。

「分からないと思って？　貴方とリーアは私の娘です。分《わ》け隔《へだ》てなどしたことはありません。至らない母ですが、娘の気持ちぐらいは分かっているつもりです」

ヒルデのたおやかな指先が、ミルダの涙で濡れる。

「私は幸せです。二人のお母様が愛してくださるのですから」

ジームンドは、その母娘の姿を見て言った。

「ルファンよ、ゆっくりと体を休めた後、明日ミルダを連れてハルヒコ殿の元に発ってはくれぬか？」

ルファンは大きく一礼をする。

「畏《かしこ》まりました陛下。ご命令とあらば！　王妃様の温かいお心に、このルファン、疲れなど吹き飛んでしまいました。ミルダ様のことは、この命に代えてもお守りをいたします」

ミルダは驚いたようにジームンドを振り返る。

「陛下、それは駄目です。ルビアを始め聖騎士団の多くがアルドリアを留守にしている以上、私はここに残って陛下と王妃様をお守りします」

ジームンドは意地を張る娘を抱き締めた。

「お父様……」

「お前はいつもそうだ。我らの為、そしてリーアの為。私が臣下の前で、お前を第一王女とすると言った時も頑《かたく》なに断った。この私の立場が無くなるとな。私は今までお前に一体何をしてやれたのだろうか？　愛する男の側に行きなさい。私やヒルデは大丈夫だ。新生ドラグリア軍の背後を守る為にも、この城を、アルドリアを何としても守り通して見せる」

二人の姿を見て、ヒルデはそっと涙を拭う。

翌日、ミルダとルファンはフェレトに向かってアルドリア城を発った。

ジームンドとヒルデは共にそれを見送る。

「勇者様、どうかあの子達をお守りください」

ジームンドは、遠くドラグリアの方角の空を仰ぐ。

「あの男は成し遂げてくれるのかもしれん。かつて私が敬愛した友であり、兄のように慕《した》ったあの偉大なる方。アファード王が成し遂げようとした真の平和をな」


ミルダがアルドリアを出発して四日後。彼女はルファンと共にアルース関所を抜けてドラグリアに入っていた。アイリーネが女王として即位した新生ドラグリア王国建国の一報は、すでにこの国で知らぬ者はいない。

二人はフェレトに向かう途中にある村で休息を取っていた。

「どういたしますか、ミルダ様。すぐにフェレトに向かって、勇者様と合流されますか？」

ルファンの言葉に、ミルダは静かに首を横に振った。

「いいえ、先ほど村人に聞いた話では、アイリーネ王女率いる新生ドラグリア軍は、すでにフェレト神殿を出たそうよ」

ハーフエルフであることを隠すために深めのフードがついたローブを身に纏っているが、それでもそこから時折覗く美貌が通りすがる人々を振り向かせる。

「確かに、新生ドラグリア軍が、フェレト近隣の都市をドルメールの支配から解放したという噂も耳にします。もしそうならば、勇者殿達も同行していると考えた方が自然でしょう」

ミルダはルファンの言葉に頷いて言った。

「ハルヒコ達を追っても、行き違いになる可能性もあるわ。ルファン、私に考えがあるのだけれど」

若き聖騎士はミルダを見る。

「お聞かせください、ミルダ様」

ミルダは懐から一枚の地図を取り出す。ドラグリア全域の地図だった。

次に、美しい指先でドルメールの居城である帝都を指さした。ミルダはそこから真っすぐ街道沿いに指を走らせ、その先にある都市に指をとめる。

ルファンはそれを見て言った。

「聖都への要所となっているガデル城塞ですね、ミルダ様」

「ええ、ドルメールとの決戦において、このガデルの攻略が重要になるとハルヒコから聞いているわ。新生ドラグリア王国軍は勢力を拡大しながら直《じき》にガデルを目指すでしょう。ここに向かえば、いずれハルヒコ達には会えるはず。それまでに私達もガデル城塞に関して少しでも役に立つような情報を集めたいと思うの」

ミルダの提案にルファンは同意する。

「分かりました、ミルダ様。しかしガデルと言うと……。先ほど行商人から、気になる噂を聞いたのですが」

若い聖騎士の言葉にミルダは首を傾げる。

「気になる噂？　ルファン、一体それはどんな噂なの？」

◇

ミルダがガデルに向かうことを決めた丁度その頃、一人の男がガデル城塞の入り口に辿り着いていた。体中に切り傷があり、着ている服はボロボロである。

「おのれ……。おのれ、あの女！　殺してやる、この手で必ず……」

男の鬼気迫《ききせま》る様子に、ガデルの城門を守る兵士達は思わず道を開けた。だが、すぐに我に返るとその男に槍を突きつける。

「貴様何者だ！　死にたいのか!?」

男はその槍の先を振り払い、怒りの声を上げた。

「無礼者どもが！　私は黒弓旅団《くろゆみりょだん》団長、エドラス・ファングルエン少将だ！　道を開けろ!!」

その言葉に兵士達は顔を見合わせた。

黒弓旅団《くろゆみりょだん》のエドラスと言えば、アルドリアに向かった黒鋼師団《こくこうしだん》の将校の一人である。よく見ると、男の着ている服は血に染まり破れているが、確かに帝国将校のものだった。兵士達は、思わず後ずさって口々に言った。

「まさか、本当なのか？」

「アルースで黒鋼師団《こくこうしだん》がアルドリア軍に大敗したというのは」

「新生ドラグリアを名乗る者達が各地で蜂起《ほうき》しているとも聞いたぞ。ならばなぜ、アルマン様は動かれないのだ？」

兵士のその台詞を聞いて、エドラスは低く不気味に笑った。

「ふふははは！　そうだ、我が帝国にはアルマン元帥がおられるのだ。アルドリアなどに敗れるはずがない。奴らを今度こそ打ち破り、あの女の前で父親であるジームンド王と王妃を八つ裂きにしてくれる」

暗く充血した男の目に浮かぶ残忍さに、兵士達は怯えた。


その後、エドラスはガデル城塞の執務室に通された。

そこには一人の男が立っていた。自分を静かに見つめるその視線にエドラスは凍りつく。

片眼鏡をしたその男が放つ異様な雰囲気に、完全に呑まれている。

「ほう。それで、君は私の口からドルメール様に伝えろ、とでも言うのかね？　五万の兵をあっさり失ったと」

目の前にいる男の名は、アルマン・エッテハイマン公爵。

帝国陸軍の元帥である。

エドラスは、アルースの戦いの混乱に乗じて命からがら逃げ延びた。数名の部下と供に、アルースの関所を避けて山を越え、ドラグリアに辿り着いていたのだった。

だがその時には既に、新生ドラグリアが建国され各地で人々の蜂起が勃発《ぼっぱつ》。ドルメールは怒り狂い、すぐさま陸軍の元帥アルマンにドラグリア全土の制圧を命じた。

「だが興味深いな。君の報告が事実であれば、友軍のランドとグフールを戦わせて殲滅させたことになる」

エドラスはぞっとした。目の前の男の笑みに。

アルマン・エッテハイマンは、グフールやランドなどとは比較にならない人物だ。現在のドルメール帝国の栄華《えいが》は、ひとえにこのアルマンの手で作られたと言っても過言ではない。

先代アファード王の側にも軍師として仕え、その能力を高く買われていたという。

「なるほどな。戯れ言だと思ってはいたが、アルドリアの勇者なる男が、アルースの奇跡を起こしたというのは事実のようだな」

その時エドラスは、アルマンがどういう理由か、お伺いを立てるように奥の扉へ声をかけるの見た。

「どうされますか？　我が君《きみ》。面白い男が現れましたな、ドルメールはもう持ちますまい」

エドラスは気がついた。目の前の男が、皇帝であるドルメールに敬称をつけていない事実に。

だとするなら、我が君とは、いったい……？

エドラスの背中を冷たいものが流れた。奥の部屋に繋がる扉が、ゆっくりと音を立てて開いていく。

そこには男がいた。

見事な黄金の髪、そして堂々たる体躯《たいく》。神々に愛されたことが一目で分かる美しい容貌。威厳に溢れた碧眼《へきがん》、見る者は皆その男の前でひれ伏し、彼を王者の中の王者と称するだろう。

エドラスは戦慄《せんりつ》し、よろよろと後ずさった。

「馬鹿な……。そんな馬鹿な……。死んだはずだ！　貴方様は、貴方様はそんな!!」

アルマンは哄笑した。

その瞬間、よろめくエドラスの口から悲鳴が上がる。

「ぐぁあああ!!」

アルマンが目にも留まらぬ速さで抜いた剣が、エドラスを両断したのだ。

「アルドリアの勇者……。存外その男、我らの計画に役立つやもしれませぬな。このまま、もう暫くはドルメールに道化《どうけ》を演じてもらいましょう。宜しいですね、我が君」

男は静かにアルマンを見た。

「よかろうアルマン、そなたに任す」

エドラスは死に行く意識の中ですら、その男に見惚れていた。

決してその場にいるはずがない男の姿に。

アファード・レークス・ドラグリア。

それは紛れもなく、賢王と呼ばれ全てのドラグリアの民から愛された、偉大なる王その人であった。

超人気異世界ファンタジー THE NEW GATE
2016年秋　スマホアプリ配信予定！
THE NEW GATE
ザ・ニュー・ゲート
スタートダッシュキャンペーン
開催決定!!!!
ゲームを始めるだけで豪華アイテムをプレゼント！
大迫力の本格バトルRPGここに開幕――！
【Android】Google Play
【iOS】App Store
で提供予定！
公式サイトはこちら
http://game.the-new-gate.jp/
Shinogi Kazanami　©AlphaPolis Co., Ltd.　キャラクター原案: 魔界の住民・三輪ヨシユキ

Re:Monster
ゲームアプリ解放中《リリース》!
45万ダウンロード突破!
※2016年8月31日時点
App Store無料ランキング(ゲームカテゴリ)2位!
※2016年2月25日時点
Google Play™ 国内アプリ新着無料ランキング3位!
※2016年2月26日時点
原作キャラも続々登場!
喰えば喰うほど強くなるRPG!
Re:Monster
リ・モンスター
〜ゴブリン転生記〜
書き下ろしマンガも公開中じゃよ
Wave 5 / 5
残り11:20秒
Wave 4 / 4
残り6:09秒
MP
詳しくは
http://remonster.jp/
にアクセス!
【Android】Google Play
【iOS】App Store
で好評配信中!
携帯サイトはこちらから!
©2000-2016 AlphaPolis Co.,Ltd. All Rights Reserved.

とあるおっさんのVRMMO活動記
PCオンラインゲーム
絶賛サービス中!
ワンモア・フリーライフ・オンライン
とあるおっさんのオンライン活動記
上級クラス実装で
新たな展開へ!
キャラクター固有のスキルを自由に組み合わせ、
自分だけのコンビネーションを繰り出そう!
詳しくは http://omf-game.alphapolis.co.jp/ へアクセス!
©2000-2016 AlphaPolis Co.,Ltd. All Rights Reserved.

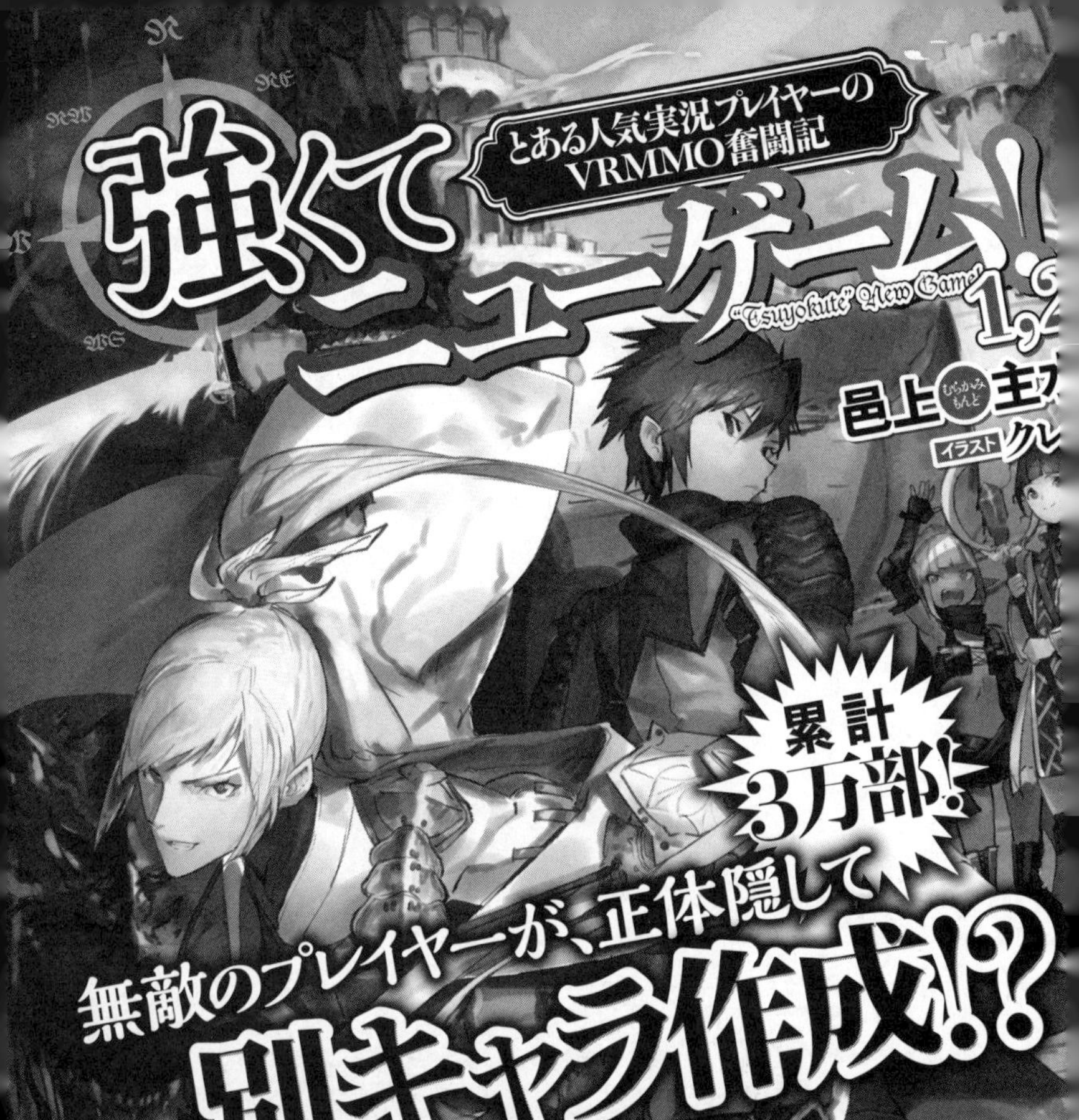

ネットで大人気のVRMMO冒険ファンタジー、待望の書籍化!

目立たない男子高校生「江戸川蘭」は、VRMMORPG「ドラゴンズクロンヌ」では、実力No.1プレイヤー「アラン」として莫大な富と名声を得ていた。あるとき、クラスメイトとそのゲームで一緒に遊ぶことになった彼。しかし、ゲーム内の超有名人「アラン」が自分だとばれたら厄介なのは明白。そこで、新しいアバター「エドガー」を作り、正体を隠したまま、クラスメイトと冒険を始める。だが超一流の実力は、たとえレベルが1であっても隠しきれるものではなく——

◉各定価：本体1200円＋税

◉Illustration：クレタ

神に選ばれた少年の
異世界救世ファンタジー開幕!

神様が試練を与えすぎたために散々な人生を送っていた大学生・田中智行。線路に転落し死んでしまった彼は、冥界で神様に謝られ、お詫びとして異世界——人間、獣、精霊、神族など多様な種族が暮らす広大な世界——に、アラン・ファー・レイナルとして転生させてもらうことになった。神様から授けられた、触れた者を覚醒させる「他者強化能力」を持つ少年・アランの冒険が今、始まった

各定価：本体1200円+税　illustration：我美蘭

1~4巻好評発売中!

ネットで話題沸騰！
アルファポリスWeb漫画
面白い漫画が毎週読める!!
アルファポリスCOMICS
ゲート GATE
自衛隊 彼の地にて、斯く戦えり 原作：柳内たくみ 漫画：竿尾悟
Yanai Takumi
Sao Satoru
原作：秋川滝美
漫画：しわすだ
居酒屋ぼったくり
原作 丘野 優 漫画 鈴木イゾ
Yu Okano
Izo Suzuki
平兵士は過去を夢見る
HIRA-HEISHI WA KAKO WO YUMEMIRU
原作：サカモト666
漫画：氷清十朗
ダンジョンシーカー
The Dungeon Seeker
原作：瀬戸メグル
漫画：橋本ユウシ
邪竜転生
人気連載陣
THE NEW GATE
月が導く異世界道中
獣医さんのお仕事 in 異世界
魔拳のデイドリーマー
異世界を制御魔法で切り開け！
のんびりVRMMO記
転生しちゃったよ（いや、ごめん）
and more...
原作 椎名ほわほわ
漫画 六堂秀哉
とあるおっさんのVRMMO活動記
原作：金斬児狐
漫画：小早川ハルヨシ
Re:MONSTER リ・モンスター
選りすぐりのWeb漫画が無料で読み放題！
今すぐアクセス！
アルファポリス 漫画
検索
アルファポリスアプリ
スマホでも漫画が読める！
App Store/Google play でダウンロード！

雪華慧太（ゆきはなけいた）
愛知県在住。2016年にWeb上で「異世界勇者のデスゲーム～異世界で、ヒロイン王女を無視して女騎士にキスした俺は～」の連載を開始。瞬く間に人気となり、改稿・改題を経て、2016年９月、同作で出版デビュー。

イラスト：桑島黎音（くわしまれいん）
http://akaneironosola.blog96.fc2.com/

本書は、「小説家になろう」（http://syosetu.com/）に掲載されていたものを、改稿のうえ書籍化したものです。

召喚《しょうかん》軍《ぐん》師《し》のデスゲーム～異世界で、ヒロイン王女を無視して女騎士にキスした俺は！～

雪華慧太（ゆきはなけいた）

2016年10月7日初版発行

編集－中野大樹・宮坂剛・太田鉄平
編集長－塙綾子
発行者－梶本雄介
発行所－株式会社アルファポリス
〒150-6005東京都渋谷区恵比寿4-20-3恵比寿ｶﾞｰﾃﾞﾝﾌﾟﾚｲｽﾀﾜｰ5F
TEL03-6277-1601（営業）03-6277-1602（編集）
URLhttp://www.alphapolis.co.jp/
発売元－株式会社星雲社
〒112-0005東京都文京区水道1-3-30
TEL03-3868-3275
装丁・本文イラスト－桑島黎音
装丁デザイン－ansyyqdesign
印刷－中央精版印刷株式会社

価格はカバーに表示されてあります。
落丁乱丁の場合はアルファポリスまでご連絡ください。
送料は小社負担でお取り替えします。

ISBN978-4-434-22466-9 C0093